A ILHA

Flávio Carneiro

A ILHA

Copyright © 2011 *by* Flávio Carneiro

Direitos desta edição reservados à
EDITORA ROCCO LTDA.
Av. Presidente Wilson, 231 – 8º andar
20030-021 – Rio de Janeiro – RJ
Tel.: (21) 3525-2000 – Fax: (21) 3525-2001
rocco@rocco.com.br
www.rocco.com.br

Printed in Brazil/Impresso no Brasil

CIP-Brasil. Catalogação na fonte.
Sindicato Nacional dos Editores de Livros, RJ.

C288i	Carneiro, Flávio Martins, 1962-
	A ilha/Flávio Carneiro. – Rio de Janeiro: Rocco, 2011.
	14x21cm
	ISBN 978-85-325-2705-9
	1. Ficção brasileira. I. Título.
11-5973	CDD–869.93
	CDU–821.134.3(81)-3

Obra concluída com o apoio do Ministério da Cultura do Brasil,
Fundação Biblioteca Nacional, Coordenadoria Geral do Livro e da Leitura

Para minha filha,
Maria

se quiser, acredite, se já acreditou em tudo o que lhe contei até o momento não vai duvidar agora, e se não acreditou, se acha que sou louco, então paciência, entenderá o que vou contar como mais uma prova da minha insanidade

P. D. Deckard. *O Projeto Gênesis*, cap. 3.

O geneticista americano Craig Venter, que em 2003 teve papel decisivo na decodificação do genoma humano e em 2009 criou em laboratório uma nova espécie de bactéria capaz de produção de combustível, digestão de material radioativo e diminuição do calor na temperatura ambiente, acaba de anunciar seu novo feito.

Venter e sua equipe apresentaram, em artigo na revista *Science*, o processo de criação do primeiro organismo sintético na história da humanidade. Segundo o cientista, trata-se da primeira espécie do planeta que se autorreplica e cujo pai é um computador.

Envolvendo 24 cientistas e a cifra de US$ 40 milhões, o processo criou um genoma sintético que é cópia quase perfeita do original. As poucas diferenças podem ser encontradas em uma ou outra sequência de DNA, criadas pelos próprios cientistas como uma espécie de marca-d'água, para diferenciar o original e a réplica. A marca-d'água, no caso, são simplesmente os nomes dos cientistas da equipe, juntamente com frases do escritor James Joyce e do físico Robert Oppenheimer.

Reuters, 2010.

Prólogo

Li nos livros que nem todas as ilhas flutuam. Na verdade, os livros me disseram que o normal é não flutuarem, ilhas são pedaços de terra fincados no fundo dos oceanos, não são como nuvens.

A nossa, no entanto, não tem ligação com a terra. Não estar ligada a outro pedaço de terra pelos lados é natural, caso contrário não seria uma ilha, mas o fato de não estar ligada também por baixo, de não estar presa a nada, de ser uma espécie de cidade boiando no mar contraria o que dizem os livros.

É certo que um deles faz referência a uma ilha que flutua no ar – circunferência perfeita, suspensa sobre o continente e viajando como uma nave, parando aqui e ali para contatos com os habitantes de baixo. Mas é apenas uma ilha de romance, e confiar em romances é como confiar nas ondas do mar, então tudo indica que de fato esta não é exatamente uma ilha comum.

E, se flutua, é claro que se move. Alguns pescadores podem atestar o que digo, observando as estrelas eles garantem que a ilha está em movimento, embora navegue numa velocidade tão insignificante que parece estar parada.

Pouco importa se ela parece imóvel, o simples fato de saber que flutuamos e nos movemos – para frente ou para trás ou para os lados, tanto faz – alimenta todos os dias imaginações famintas, que logo se põem a criar hipóteses de, mais cedo ou mais tarde, esbarrarmos por aí com outra ilha, flutuante ou não, ou com algo maior. O continente, por exemplo.

Isso se estiver correta a teoria em que sempre acreditamos, com base nos poucos registros contidos na biblioteca e nos relatos de antepassados, a hipótese mais plausível, ou a única, para o fato de flutuarmos.

Pode ser um engano, quem sabe no futuro cientistas venham provar que jamais existiu a conjunção de fenômenos da qual teria resultado a catástrofe que deu origem à ilha.

Crescemos ouvindo dos mais velhos confusas explicações ou lendo nos livros palavras e expressões que não entendemos muito bem (placas tectônicas, deriva continental, calotas polares). Aprendemos a acreditar que surgimos do rearranjo do planeta, um pedaço desgrudado de um grande continente durante o cataclisma, uma parte que teria rachado e seguido mar afora, ilha, flutuando feito barco.

Seríamos o que sobrou dele, do continente que jaz hoje no fundo dos oceanos, ou que ainda está lá, onde sempre esteve, esperando a volta de seu pedaço desgarrado. Éramos parte da grande cidade, agora exilada de nós, ou nós dela.

Se de fato foi isso o que ocorreu, o que posso lhe dizer é que nem tudo foi destruído, e no pequeno pedaço que herdamos – a ilha pode ser percorrida de uma ponta a outra numa caminhada de três ou quatro horas – restaram uma olaria e boa parte da fábrica de tecidos, além de ruas, casas e alguma estrutura que, mesmo precária, possibilitou a lenta reconstrução.

Sobrou também o convento dos franciscanos, em condições razoáveis, consideradas as circunstâncias. Erguido num dos morros da ilha, foi refeito aos poucos e dele se manteve a torre com sua biblioteca.

Biblioteca em que me encontro agora, cercado de histórias. E não apenas as religiosas. Há várias outras, aventuras pagãs que prudentemente escondi dos olhares de quem entrava e, confesso, foram lidas por mim em momentos de fraqueza, quando a tentação falou mais alto e meus ouvidos quiseram ouvir.

Um único livro pode servir de abrigo ou perdição, não é preciso ir muito longe para isso, e portanto não é nenhum absurdo dizer que, embora modesta, a biblioteca é todo um universo (alguns diriam o universo).

Como bibliotecário, nunca tive muito trabalho. Era apenas manter os livros limpos e bem conservados, cuidar para que ocupassem cada qual o seu canto e anotar os poucos empréstimos, para os frades e para um ou outro que de vez em quando entrava aqui, em busca de obras que quase sempre já havia lido. Sobrava tempo para chegar à janela e ficar vendo a praia, os rochedos, parte do mercado, assistindo à vida na cidade.

Depois que tudo começou, depois que estranhos acontecimentos começaram a tirar o sono dos moradores da ilha, a janela passou a mostrar imagens inusitadas, para dizer o mínimo.

Quando me retirei para cá, faz três dias, optando pelo isolamento e pelo jejum (apenas uma jarra d'água me acompanha e não deve durar muito), os frades remanescentes chegaram a cogitar que o fazia por penitência. Sou um velho – o homem mais velho da ilha –, talvez por isso os frades tenham achado que minha hora estava próxima e que eu tinha me isolado na torre para acertar contas com o Pai.

Estavam errados. Precisava me afastar ao máximo dos habitantes da cidade para escrever sobre eles. E se pudesse me afastar de mim para também escrever sobre mim pode ter certeza de que o faria, não duvide, ou duvide, mas não me tome por louco, ou tome se for do seu desejo, que sei eu?

Não podia revelar a verdade a meus irmãos franciscanos. Os poucos que sobraram estão assustados demais e não posso culpá-los por isso. Também não contaria aos leigos. Ninguém daria atenção a uma história, qualquer que fosse, diante do que vem acontecendo na vida real. Ainda mais contada por um bibliotecário de imaginação delirante, como dizem por aí.

Só me restou uma alternativa, a de subir a torre do convento e me trancar na biblioteca, na tentativa de contar a verdadeira história da ilha a alguém que não conheço e não sei onde está, em que lugar, em que século, alguém que nem sei se existe. Só me restou uma saída: você.

E se você existe – daqui em diante preciso acreditar nisso, me desculpe, não me leve a mal mas você existe, chego a sentir seus dedos virando as páginas –, se é alguém de carne e osso (ou seja lá de que matéria venham a ser moldados os homens e as mulheres no futuro), talvez já conheça a minha história ou, pelo menos, uma versão dela. Duvido, porém, que saiba o que realmente ocorreu em nossa pequena ilha flutuante.

A história não começa quando o continente teria se partido, surgindo da ruptura a nossa ilha, habitada por algumas centenas de almas (a maioria boas), nascida de uma belíssima cidade que, se ainda existe, está sem um pedaço. Também não começa na época em que nos estabelecemos por aqui e começamos a viver uma vida quase normal.

A história começa de fato há poucos dias, quando veio dar na praia, vinda do mar aberto, a primeira garrafa.

1

Se você ainda está aí, pode imaginar o cenário que surge de repente na janela da biblioteca, que mostra agora não o mar, os rochedos ou parte da cidade, mas um quarto comum, de uma casa qualquer.

Consegue ver a menina (na verdade já tem catorze anos) deitada no chão, rosto virado para o teto, olhos abertos? Se tivéssemos chegado um pouco antes teríamos presenciado a cena, a mãe dizendo *não* pela terceira vez, indiferente às súplicas da filha.

Logo em seguida ouviríamos o barulho da porta se fechando com estrondo, ecoando nos ouvidos de Catarina. Ela sabia que não estava trancada, a mãe nunca trancava a porta, no entanto era como se estivesse, as palavras da mãe funcionavam como um ferrolho. Nada de mergulho perto dos rochedos, dissera tantas vezes.

Sem muito esforço, é possível adivinhar o que se passou na sua cabeça: ficar presa nesse quarto, olhando para as paredes, até quando? A mãe tem muito trabalho na cozinha e depois vai receber visitas, só no final da tarde virá abrir a porta, liberando Catarina do castigo por ter novamente nadado onde não podia (não conseguira resistir, precisou e precisa ainda mergulhar perto dos rochedos para conferir as palavras escritas nas paredes do antigo túnel, de onde saía o trem submarino da cidade antiga, será que a mãe não entende?).

Depois disso se deitou no chão (foi quando a vimos pela primeira vez) e agora se levanta, tirando a roupa.

Se você por acaso for uma dessas raras almas sensíveis e sentir algum constrangimento ao ver o corpo nu de uma adolescente, não precisará desviar os olhos: sob a roupa está um maiô, que lhe cobre as partes íntimas e um pouco mais. Se mantiver seus olhos abertos, poderá também conferir que joga longe o vestido e vai até a janela ver o mar, sob a luz do sol do começo de tarde.

O que aconteceria se algum daqueles gênios das histórias contadas pela mãe aparecesse e ela pudesse pedir: quero asas que me levem até lá? Catarina alçaria voo com seu maiô colorido no corpo magricela, de pernas finas e longas, como se fosse um pássaro desses que já não há, ou nunca houve, sobrevoando as laranjeiras no pomar, subindo num lance rápido para escapar das copas da velha mangueira, aprumando-se depois e deixando-se levar, suave, até a descida na areia da praia.

Infelizmente não há gênios disponíveis, devem estar dormindo a sesta – como a maior parte da ilha –, embalados pelo barulho do vento nas folhas da palmeira, marcando o ritmo da tarde, devagar, bem devagar.

Ela pensa em Bernardo. Por que teria escolhido para melhor amigo um noviço franciscano?, pergunta a si mesma, sem muito interesse na resposta. Se estivesse ali ele talvez tivesse um plano ou surgisse do nada com uma corda improvável.

Uma corda, claro. Retira lençóis e cortinas, amarra tudo e prende uma ponta ao pé da cama. Joga pela janela a outra ponta e dali a pouco já equilibra o corpo frágil do lado de fora, descendo até os galhos mais altos da mangueira, para onde se muda apoiando os pés num galho mais grosso, depois as mãos.

Desce pelo tronco até o chão e quando seus pés descalços pisam a terra ligeiramente úmida sente um prazer imenso – e de vida curta porque lá vai ela correndo por entre as outras árvores do pomar, o cabelo fino, castanho, misturando-se às folhas secas dos pés de cana, as pernas esguias desviando-se dos troncos tortos das goiabeiras, a mão finalmente empurrando o portãozinho de madeira que dá na praia.

Corre pela areia quente até se jogar de vez ao mar. Primeiro o longo mergulho na parte ainda rasa, o movimento harmonioso de braços e pernas impulsionando o corpo, a sensação de estar toda envolvida pelas águas, olhos abertos para qualquer surpresa ou mesmo para o que ela já se acostumara a ver e sempre queria ver de novo, os raios de sol atravessando a água e formando filetes de luz. Mais uma braçada na direção do fundo, a velha brincadeira de tocar a areia com as pontas dos dedos, tomando impulso para a subida veloz, o rosto furando a superfície.

Adora quando os sons retornam depois de terem estado ausentes por alguns segundos. É como se tivesse mergulhado também no mais profundo e misterioso silêncio, para retornar e conferir que as coisas ainda estão em ordem no mundo de fora, exatamente onde ela as deixou.

Agora podemos vê-la em repouso, repondo energias, o rosto virado na direção do céu, vendo gaivotas em voos rasantes atrás de peixes que ela não pode enxergar. Não vejo os peixes e eles existem, pensa, estão logo ali, embaixo das águas. Poderia fazer um inventário das coisas que não via mas tinha certeza de que existiam. O que entraria na lista, os peixes e o que mais? O sol quando está de noite, as estrelas quando está de dia, as bactérias, o sangue correndo nas veias, o medo, as letras no livro fechado, o ar, o fermento no pão, a margem do outro lado do oceano, os sonhos dos outros, as amebas, os filhotes das amebas, os filhotes dos filhotes das amebas.

Não, não fugiu do quarto para isso, precisa nadar até adiante e em braçadas vigorosas vai vencendo as águas, a nau Catarina, indo cada vez mais longe da praia, seu destino definido desde o início: os rochedos.

Sobe rápido pelas pedras e anda um pouco até o outro lado, o melhor ponto para o mergulho até a gruta. Foi Bernardo quem lhe falou dela pela primeira vez. Os frades não gostavam que mergulhasse mas ele mergulhava escondido e um dia contou a Catarina que a gruta perto dos rochedos era a prova de que de fato um dia fizemos parte do continente. A entrada da gruta tinha a forma ovalada, como a saída de um túnel. O revestimento das paredes e do teto, os pedaços de metal alinhados no piso, parecendo trilhos, as placas com sinais e as palavras escritas nas paredes (as que Catarina quer ver de novo, com mais atenção), era óbvio que antigamente partia dali um trem submarino.

Ela se prepara para mergulhar mas ao arquear o corpo se detém, vendo a garrafa flutuando.

O primeiro impulso é o de nadar até lá, mas a garrafa oscila muito e se aproxima das pedras, seria arriscado, e além disso talvez haja uma bomba dentro, chega a fechar os olhos e tapar os ouvidos quando percebe que a garrafa chega mais perto, bum!!!, ela ouve uma onda batendo forte nos rochedos. Não há bomba nenhuma (ou não explodiu ainda).

A garrafa segue na direção da praia do outro lado. Catarina salta e nada atrás dela por uma boa distância, já quase pode tocá-la quando uma onda inesperada avança com a garrafa e a menina vê que não vai dar.

Contrariada, vai nadando de volta à praia, sua praia, é tarde para retornar ao rochedo e mergulhar até a gruta. Já nem sente as braçadas, as pernas em movimento, seu corpo cruzando as águas sem dar por isso, só tem pensamentos para a garrafa. De onde teria vindo? Garrafas no mar pertenciam às histórias que ouvia quando era pequena, por que esta teria voltado agora?

Pisa a areia da praia e atravessa o pomar quando o sol começa a se pôr. Corre até a mangueira, sobe pelo tronco, pelos galhos, e lá está a ponta da corda. Desamarra e, de um salto, entra no quarto. Tenta arrumar as coisas da melhor forma possível (as cortinas estão um pouco sujas, um verde folha de mangueira bastante suspeito, e o lençol mais amarrotado do que devia). Abre a porta – destrancada, ela apenas confirma –, fecha e torna a deitar-se no chão, como a vimos no início do capítulo.

Quando a mãe entra e a chama para o jantar, ela desce silenciosa, levando nos cabelos um fiapinho de alga.

No quarto, antes de dormir, as pazes já feitas, a mãe pede mais uma vez a Catarina que tome muito cuidado com os rochedos.

Sozinha na penumbra, deitada na cama e vendo pela janela uma ponta do céu e as copas das árvores mais altas balançando lá fora, a menina volta a pensar na garrafa.

Viera de longe, sem dúvida. Devia estar levando alguma mensagem secreta (afinal é para isso que servem as garrafas lançadas ao mar). Alguém está querendo fazer contato, o que significa que há outras pessoas ou, pelo menos, *uma* outra pessoa, em algum outro lugar do mundo, que sabe da existência da ilha, e se essa pessoa sabe que a ilha existe pode saber também que ela, Catarina, nada naquele mar todas as tardes, por que não? Imaginando essas coisas acaba caindo no sono, abraçada à sua discreta esperança.

⁓

Eis que o quarto de Catarina, a casa, o quintal com a velha mangueira, tudo desaparece, deixando de ocupar o cenário que vemos da nossa janela (perdão, já a considero minha e sua), dando lugar agora ao cais da ilha.

Toda ilha habitada tem um cais e talvez apenas por esse pressuposto lógico esta também tenha o seu, já que de serventia não desfruta nenhuma, se não há navios que aportem por aqui ou daqui se lancem a outros mares. É provável que já existisse na cidade antiga e tenha sido refeito pelos que reconstruíram a nossa, apenas com a intenção de redesenhar uma pequenina parte do que éramos antes. Os pescadores preferem atracar seus barcos na areia da praia ou nas águas calmas da baía, e o velho cais é apenas um enfeite à beira-mar.

De enfeites também se vive, diria Clara, sentada no banco de madeira. Não devemos lhe perguntar o que a leva a passar as tardes aí, com o caderno no colo e o lápis na mão, como se estivesse sempre a um passo de começar um desenho que nunca vem – é o que acontece agora, veja, ela segura o lápis na mão direita, o braço levemente suspenso no ar, a poucos centímetros do papel que jamais temeria por sua alvura se soubesse que daquele lápis não sairá traço algum.

Quem a vê de longe supõe que desenha e ninguém estranharia o fato de uma jovem (bela jovem) querer traçar no papel o contorno das montanhas, as aves tão próximas ou os rochedos mais além. Clara, no entanto, não está preocupada em desenhar nada. Já esteve, houve dias em que se sentava à beira do cais disposta a esboçar alguma figura, um rascunho qualquer, linhas desencontradas, o que fosse, mas já não se trata disso. Talvez não queira ser incomodada, vive cercada de gente, boa parte do dia, homens e mulheres de temperamentos diversos, as tardes queria apenas para si e fingir que estava ocupada, desenhando, seria uma boa estratégia para afastar intrusos.

Pode ser também que seja mais do que isso. Pode ser que leve consigo o material com um único propósito: o de esperar que no meio daquelas tardes apareça algo novo, rompendo o cenário de todo dia. Algo como isso que vê ao fundo da paisagem: alguém nada devagar, depois descansa, o rosto virado para cima, planando sobre as águas.

É uma menina a personagem que Clara vê no mar. Ela nada bem e agora segue veloz até os rochedos, subindo depois pelas pedras.

Percebe que a menina olha para um ponto específico. Acompanha seu olhar e vê um objeto escuro, algo que não pode identificar ainda, passa pelo rochedo e continua, na direção da outra ponta da praia. Uma garrafa?

Clara levanta-se e vai até a beira. O objeto paira na água e ela pode observá-lo melhor, retendo em sua memória o tamanho, o perfil, a cor escura, a rolha a vedar o que quer que viaje lá dentro, detalhes que possam servir a um desenho futuro.

Não consegue pegá-la mas não faz mal, basta a presença em si, sua mera aparição. Volta ao banco, senta-se e de imediato apanha o lápis. Se estivéssemos lá, estaríamos de pé, vendo sobre seus ombros o que ela vai desenhar. A mão hesita e em vez de um desenho o que vemos é a frase, escrita diante de nós: uma garrafa lançada ao mar.

É isso o que a consome na tarde quente, a existência daquela garrafa, um objeto cercado de água por todos os lados, como sua ilha, com a diferença de que a ilha parece imóvel (embora não esteja), enquanto a garrafa esbanja um movimento provocador, quase inaceitável.

Ela se lembra do sonho que teve essa noite. Estava sentada na calçada de uma rua qualquer, era dia, e do outro lado da rua viu passar um homem alto e magro, de paletó escuro. Não dava para ver seu rosto mas tinha certeza de que o conhecia, sem saber dizer quem era. O homem, de cabelos longos e barbicha grisalha, estava acompanhado de um cão. Parava em frente à porta de uma casa e batia três vezes. Esperava um pouco e batia três vezes novamente. Nova pausa e mais três batidas. Logo depois tirava de dentro do paletó uma garrafa de vidro e a colocava ao pé da porta.

Seria a mesma garrafa do sonho?, a mesma que agora se afasta do cais e avança na direção da outra ponta da praia?

Há alguém lá. Clara ficou atenta à menina e não prestou atenção ao outro lado, onde vislumbra uma paineira, e sob ela alguém sentado. É um franciscano, o hábito inconfundível. Não pode perceber as feições, se é moço ou velho, conhecido ou não, mas não há dúvida de que se trata de um franciscano.

Seria para ele a mensagem?, pergunta-se, sem duvidar um minuto de que de fato se trata de uma mensagem. Chega a sentir uma ponta de inveja, gostaria de estar junto ao frade, só para conferir se a garrafa vai mesmo parar naquele ponto ou seguir pelo mar.

A tarde caminha para o final, há pouca luminosidade agora e Clara fecha os olhos por longos minutos, buscando o mais escuro que possa. Está quase adormecida mas não vai dormir, precisa apenas estar no mais escuro possível, de modo que diante de si, os olhos fechados, veja uma página branca, completamente branca, na qual vai enfim desenhar, no papel invisível, o contorno exato de uma garrafa boiando nas águas.

⁑

Você pode enxergar através da janela aquele pedaço de terra, a ponta da ilha, e nessa ponta uma árvore, em cujo tronco está encostado um noviço franciscano? É bem moço, acaba de completar dezessete anos, e olha sereno para o mar. Pois este que aí está, sentado à sombra, com as costas apoiadas no tronco da velha paineira, mãos atrás da cabeça e pernas estendidas, na pose clássica de quem não tem nada para fazer e o faz sem culpa, este é Bernardo.

É ele quem respira a maresia e mais uma vez se pergunta de onde teria vindo toda essa imensidão de águas. Os livros não se entendem muito bem a respeito, há explicações desencontradas e Bernardo fez o que costuma fazer nesses casos: escolheu duas que lhe pareceram mais interessantes e passou a acreditar nelas. A primeira dizia que a água chegou à Terra depois do choque com cometas, compostos sobretudo de gelo. A outra afirmava que no começo o planeta era massa incandescente coberta por nuvens pesadas, em algum momento se resfriou e caíram do céu chuvas intensas, que mais tarde dariam origem ao primeiro oceano.

Bernardo juntou uma e outra e passou a acreditar na mistura das duas – para desespero de Pepe, de quem é aprendiz faz alguns anos, e para angústia igual por parte dos frades superiores, que o veem desacreditar do Gênesis (o que ele nega, acredita no Gênesis e também nas explicações científicas, vá você entender de que modo alcança tal proeza).

Permanece olhando para o oceano que lhe ensinaram ser finito mas cujo fim ele jamais viu. A outra borda, a margem do outro lado existe, na biblioteca há diagramas e cálculos complicados provando isso. Se o outro lado existe, ninguém da ilha chegou a tocá-lo e isso basta para que Bernardo se dê ao luxo de supor que está diante do infinito.

Que terras, céu, árvores, que pessoas haveria na margem de lá? E por que nunca ninguém do outro lado veio até nós? Nós é que não podemos ir até o continente, se não sabemos onde fica. Ou estaria aí o motivo, no fato de eles também não saberem onde estamos? Saberiam ou desconfiariam da nossa existência como sabemos ou desconfiamos da deles, sentiríamos falta um do outro, pai e filha apartados, mas eles também não teriam certeza de nada e por isso estariam lá agora, no seu canto, sozinhos, sonhando conosco como sonhamos com eles.

Há uma mudança no seu rosto. É provável que suas reflexões estejam variando para temas mais amenos: os novos afazeres no convento – finalmente lhe foi concedida a tarefa de ajudar na biblioteca, como sempre quis – ou as mudas de manjericão que precisam ser plantadas logo.

Gosta de plantas. Um dia se deu conta de que era meio mágico tirar parte de uma planta e, colocando-a na terra, criar outra, igual à primeira. Depois ficou fascinado quando leu que antigamente havia cientistas que faziam isso não com plantas mas com pessoas. Acharam uma palavra, *klon*, que em alguma língua significava broto (de um vegetal) e a usaram para dar nome ao processo de replicação humana.

Bernardo imagina Deus criando Adão e de uma costela de Adão gerando Eva, a primeira clonagem da história, a mulher nascendo de um broto do homem. E quem sabe não teria sido Eva a clonar depois não uma planta ou pessoa mas a própria água do paraíso – se é possível com seres vivos, pode ser também com os outros. Ao ser expulsa, Eva teria roubado do paraíso a matriz para criar seu *klon* de água e com ele moldar os rios e mares da Terra. Seria uma nova explicação para a origem dos oceanos e esta lhe parece tão mais atraente que passa a acreditar nela: os mares não teriam sido criação do cosmos nem de Deus mas da mulher, a partir de uma matriz divina – as águas puríssimas do paraíso.

De pronto seu raciocínio dá um salto, deixando Eva à porta do Éden. Sentimentos confusos começam a rodar em torno dele, mosquitos zunindo em carrossel. Ele os afasta, aos mosquitos imaginários, e tenta retomar o fio do que vinha pensando, mas não é possível retomar coisa alguma porque seus olhos se deparam com algo no mar, a poucos metros de distância.

Uma garrafa escura, feita de algum vidro resistente, bate nas pedras da beira da praia e não se quebra. Se garrafas pudessem falar, aquela teria muitas histórias para contar sobre os lugares por onde havia passado, ou poderia pelo menos dizer de onde viera.

Bernardo tenta criar um rosto para a pessoa que a teria enviado: um ancião, solitário na montanha, a mão calejada e seca a escrever algumas palavras sobre um pedaço qualquer de papel. A morte se aproxima, o velho sábio dobra o papel e o coloca na garrafa, depois a deixa cair sobre as ondas.

Quem visse Bernardo de perto, com as costas apoiadas no tronco da árvore, poderia confundi-lo com uma estátua não fosse o movimento dos olhos, muito vivos, e uma pequena variação nos lábios.

Pelo menos é assim que podemos vê-los agora, os lábios, num sorriso apenas ensaiado, quando o noviço formula a hipótese de ter sido não um homem e sim uma mulher quem depositara no mar a garrafa. Não, não teria sido no mar, num riozinho qualquer, só depois, partindo dali, ela teria alcançado as águas salgadas e dado sequência à longa viagem. Primeiro teria passado pelos braços macios da moça que recortou uma renda de seu vestido e a colocou na garrafa, sabendo que seu amado saberia reconhecer aquele pedaço de pano e iria buscá-la, onde quer que estivesse.

Essa mensagem não é para mim, ele diz a si mesmo. Não se sente capaz de decifrar segredos de velhos sábios, por mais singelos que sejam. E, por mais que se afeiçoe à moça e mesmo que ela o aceitasse no lugar do verdadeiro amado, fizera voto de castidade e não poderia quebrá-lo, ainda mais sendo a jovem feita apenas de sonho (embora fosse divino deixar de ser casto com mulher tão diáfana).

De todo modo, não custa nada caminhar até a água e apanhar a garrafa, e é isso o que faz.

Coloca a garrafa contra a luz, buscando identificar algo no seu interior. Está leve. Ele a balança um pouco, depois tira a rolha, vira a garrafa de cabeça para baixo e com a outra mão bate no fundo. Acredita ter ouvido um ruído lá dentro, inclina um pouco mais, bate outra vez e vê, no gargalo, a pontinha de um canudo de papel.

Retira o papel amarelado, preso ao meio com um cordão, e desata o nó, os olhos se abrindo espantados diante da visão que tem diante de si, do pequeno pedaço de papel meio sujo, um pouco úmido mas sem deixar de mostrar o que é, e que daqui também podemos ver, pela janela da biblioteca: um mapa.

2

O homem que segue lá fora, caminhando pela rua, não leva nos bolsos nada que o identifique. Magro, alto, cabelos compridos e embranquecidos, barba pontiaguda, deve ter uns cinquenta anos.

A idade certa é impossível precisar, já que nada sabemos de sua verdadeira história. E não porque ele não a tenha contado. Pelo contrário, não sabemos porque contou demais, ou melhor, contou diversas vezes mas em versões variadas, não raro contraditórias entre si, transformando seu passado numa espécie de antologia, rede de biografias que provavelmente o autor foi incorporando das vidas das pessoas com quem conviveu e convive, somadas à sua própria, que talvez ele mesmo já não saiba qual é.

À noite o Andador dorme em qualquer canto, às vezes sob um teto – em geral o nosso, dos franciscanos, que o alojamos sempre que pede abrigo –, outras vezes ao relento, no cais, na praia, sempre acompanhado deste que vemos caminhar junto dele, o cachorro de pelo negro com manchas brancas, pernas curtas, gorducho, que atende pelo nome de Ramon.

A cidade em geral gosta deles, do vira-lata e do homem tido como um doido manso, com sua conversa desconjuntada. Não gosta de carregar nenhum peso consigo, como podemos ver da janela. Abre vez ou outra uma exceção quando lhe pedem que leve para alguém um objeto, uma cesta de frutas, um bilhete. Claro, há que se contar com o risco de a encomenda se extraviar no caminho, deixada a esmo numa praça, na grama de um jardim, numa porta trocada.

Nesse momento o homem e o cachorro estão subindo a ladeira, na direção do convento. Sob os arcos da entrada, Bernardo os espera, trazendo nas mãos a mesma garrafa do capítulo anterior.

Não podemos ouvi-los – a janela nos prega essas peças, como você verá, ora nos oferece sussurros ou nos franqueia o acesso a pensamentos, ora sonega diálogos, forçando nossa imaginação a exercícios delicados. Tudo indica que o noviço narra ao Andador a história da véspera, olhando para os lados, sem querer chamar a atenção dos frades. É provável que esteja pedindo ajuda e alguém poderia perguntar por que razão teria escolhido um homem como aquele para isso e não algum dos irmãos.

Pode ter sido por medo de os franciscanos o repreenderem – deveria se preocupar com assuntos mais sérios, logo será um frade também – ou pelo fato de os dois dividirem a mesma paixão por questões, digamos, científicas, sendo eles os únicos que Pepe ainda aceita receber em casa depois do exílio voluntário.

Bernardo para de falar e espera. O Andador não diz nada, apenas estende as mãos. Com um sorriso no rosto liso – rosto de menino –, Bernardo entende o gesto e lhe entrega a garrafa, que o Andador acomoda no bolso interno do paletó surrado, de cor indefinida (deve ter sido preto ou azul-marinho um dia).

Depois desce a ladeira até o final, entra por uma rua estreita e vai caminhando na direção da praia. Com passo firme, atravessa calçadas e esquinas, singrando as ruas, e nem liga para as crianças que mexem com ele quando passa pelas ruínas dos Arcos do velho aqueduto – é o que dizem, que muito antigamente era um aqueduto construído sobre enormes colunas de alvenaria. Os Arcos originais, se estivessem ali, o veriam passar indiferente à beleza da construção, de suas curvas lembrando grandes portas arredondadas, abertas eternamente ao vento e à chuva.

Não podemos saber para onde se dirige o homem com a garrafa junto ao peito, mas arrisco um palpite. Já não é difícil, aliás, deduzir o ponto de chegada quando se sabe quem mora nesse beco por onde ele acaba de entrar, a velha ruazinha sem saída abrigando sobrados mal conservados, alguns a ponto de desmoronar.

O Andador para diante da casa de dois pavimentos, a pintura descascada, a porta de madeira empenada. Tem a impressão de estar sendo observado por alguém, do outro lado da rua. Vira-se naquela direção. Não vê ninguém.

Devagar, como se estivesse pegando nos braços uma criança, retira do bolso do paletó a garrafa e a coloca de pé, no chão, bem à frente da casa.

Feito isso, ergue o corpo e, num gesto solene, bate três vezes à porta. Ninguém atende. Mais três batidas, como fizera antes. Depois de um tempo bate de novo, sempre três vezes.

Missão cumprida, dá as costas para a garrafa e sai de cena, levando no rosto um sorriso que até então, salvo engano, não estava ali.

※

Você agora tenha a bondade de ver, no interior de uma casa, um grande salão, tendo ao fundo duas portas abertas, que dão uma para a cozinha e outra para um banheiro. No centro, uma mesa comprida, e sobre ela vários objetos espalhados: martelo, pregos, serrote, bússola, esquadros de metal, um pesado microscópio, lâminas de vidro, dois tubos de ensaio, tudo isso entremeado por uma pilha de cadernos, recortes de papel com um peso em cima e mapas de tamanhos diversos.

Em torno da mesa, um velho sofá com o forro rasgado em alguns pontos, uma lareira que não funciona (a chaminé está entupida e mesmo que não estivesse não haveria por que usá-la numa cidade onde raramente faz frio) e um grande tapete com bordados (não se admire se, ao olhar para o tapete, tiver a impressão de que se move a poucos centímetros do chão, preparado para voar janela afora).

Nas paredes, desenhos feitos em grandes folhas. A maior parte não apresenta formas inteligíveis, apenas traços que se cruzam. Às vezes os traços formam figuras geométricas e há também uma imensidão de números, cálculos e letras colocadas em pontos distintos, sem nenhuma conexão visível entre elas. Alguns dos desenhos trazem formas repetidas, variando apenas de tamanho: esboços de um navio, mais exatamente de uma caravela, vista por dentro e por fora, em ângulos diferentes.

Numa dessas paredes, repare na estante de madeira com livros, arrumados sem muita lógica, não estando dispostos um ao lado do outro nem por critério de data nem de assunto ou autor ou mesmo por tamanho. Dá para ler alguns títulos: *Tratado de eletromagnetismo*, *O caçador de androides*, *Manual de navegação*, *Vida e desaparecimento de Majorana*, *Por uma teoria da antimatéria*, *Princípios de genética*, *Teoria geral dos espelhos*, *A ilha*.

Ao lado da estante, veja a escadinha em caracol, pela qual queira por gentileza subir, alcançando a parte de cima da casa, onde entramos no que deve ser um quarto. Apesar da pouca claridade, é possível divisar a mesinha num canto e sobre ela uma luneta.

Pois o proprietário da luneta, e também do quarto e de toda a casa, incluindo aí os objetos dispostos sobre a mesa lá embaixo, o senhor de todas essas coisas está deitado na cama. Chegando mais perto, podemos ver que se trata de um homem grande. Se você carregasse consigo uma fita métrica e se dispusesse a medi-lo, saberia que tem mais de um metro e noventa de altura (ou de comprimento, para ser mais exato com a posição em que se encontra).

Pois foi à porta de tal casa que o Andador deixou nessa manhã a garrafa de vidro. Seu único morador acaba de acordar e ouve as batidas à porta.

O Andador sabe que o dono da casa detesta ser incomodado. Sabe também que se chama Pepe, vive sozinho e domina matérias que conhecemos pouco na ilha: matemática, física, química, biologia. E é, ou era, um bom carpinteiro também. Houve uma época em que sua grande paixão era fazer marionetes. Seus bonecos estão espalhados pelos quatro cantos da ilha, servindo de atores para histórias antigas e novas, encenadas em lugares diversos – uma mesa no centro da praça, o colo de alguém, o quarto de Catarina –, tomando forma por conta de suas criaturas de pano, madeira, cordão e tinta.

Pepe dividia seu tempo entre as marionetes e as leituras e releituras dos livros, de sua própria biblioteca e também desta, de onde escrevo. Até o dia em que decidiu isolar-se completamente, deixando de lado tudo o que não estivesse relacionado a uma nova, misteriosa e arrebatadora pesquisa, de que só tomaram conhecimento seus dois aprendizes, Bernardo e o Andador, embora mesmo eles tenham se mantido a certa distância, visitando o mestre apenas em raras ocasiões.

Em vão crianças batiam à porta de sua casa, querendo novos bonecos ou apenas para ouvir as versões – que os pequenos escutavam como se fossem histórias fantásticas, contos de terror ou suspense – sobre a origem do mundo, do continente, da ilha.

Não recebia ninguém, a não ser Bernardo e este que esteve a bater há pouco, o mesmo que sugeriu ao dono da casa um código, para deixar claro quem é que o procurava. Nem o próprio Andador sabe por que escolheu aquele código, retirado de uma antiga linguagem lida num livro qualquer, sem se lembrar mais do que significa. Talvez porque só conhecesse mesmo aquele ou porque seja, como dizem, meio louco ou meio outra coisa qualquer ainda a definir.

Pepe desce as escadas e abre a porta. Ninguém. Olha para baixo. A seus pés, a garrafa. Ele a apanha do chão, fecha a porta, entra em casa novamente.

Afasta alguns papéis sobre a mesa e a coloca ali. Puxa uma cadeira, senta-se e olha fixamente para ela. Já viu uma igual, tem certeza, e sabe de onde veio.

Levanta-se, vai até a cozinha. Suas mãos tremem ao servir na caneca um pouco de chá. Retorna à mesa, apanha a garrafa e abre a grande janela da sala, deixando entrar a claridade do dia. Coloca no parapeito a caneca e de dentro da garrafa retira o mapa.

Pela janela da casa vemos, ao fundo, os grossos troncos das árvores, mais além partes do chão coberto por folhas amareladas e os raios de sol atravessando o cenário, caindo sobre a caneca de chá, sobre o mapa aberto, sobre o imenso azul que ocupa quase todo esse mapa.

São os mesmos raios que iluminam também uma das laterais do desenho, à nossa esquerda, onde se vê o recorte de um continente – só pode ser. Ou, melhor dizendo, o litoral de um continente, e perto dele, bem próximo, a pequena figura ovalada, de um marrom-claro sobre o azul do mar, o desenho de uma pequena ilha.

Pepe aproxima o mapa dos olhos procurando alguma coisa, um detalhe, depois volta à janela e passa a esquadrinhar tudo, percebendo com nitidez as linhas que cruzam o papel, horizontais e verticais, os números ao lado delas. Nem precisaria disso, da constatação pelas coordenadas, sabe que ilha é aquela – daqui podemos identificar o contorno da baía –, não há nenhum nome escrito mas se houvesse não seria outro que não o nosso, de batismo.

É numa tarde nublada que Bernardo a vê pela primeira vez (ou pelo menos supõe ser a primeira).

Ali está ele no mercado da ilha, a céu aberto, na pequena enseada da praia Vermelha, por onde se espalham as barracas, fustigadas pelo vento forte.

Continua intrigado com o mapa. Já estará nas mãos de Pepe, se o Andador tiver levado a garrafa ao lugar certo, e logo haverá novidades. Sempre acreditou na existência do continente e a garrafa e o mapa podem ser a prova concreta de que ele ainda está lá, de que não afundou.

Sua imaginação trabalha desde a noite anterior e não para enquanto escolhe as laranjas que precisa levar para o convento. Mesmo com nuvens cobrindo o sol, o calor é forte. Não podemos sentir daqui a temperatura, a janela ainda não alcançou esse poder, mas basta ver as roupas leves das pessoas, o suor escorrendo no rosto daquele feirante, o leque que uma senhora abana inutilmente.

Distraído, Bernardo não percebe a aproximação de alguém do outro lado da banca de frutas. Quando se dá conta, ela está diante dele, os grandes olhos negros, lábios finos, um sorriso discreto.

Bernardo deixa cair a cesta com as laranjas. Ela – num gesto de ligeiro susto que vai acompanhar as noites de insônia do noviço – leva a mão à boca e logo depois se abaixa para ajudá-lo.

Agachados os dois, ele sente seu perfume. Ainda não tem maturidade suficiente para saber que deve esconder certos sentimentos ou talvez saiba que deve fazê-lo mas não exatamente como se faz, a verdade é que fecha os olhos à frente dela, completamente entregue.

"Jasmim", ela diz.

Bernardo abre os olhos. Jasmim? E depois lhe estende a mão: "Bernardo."

Ela acha graça, aperta sua mão e o ajuda a recolocar as laranjas no lugar.

"Jasmim é o perfume. O nome é Clara."

Ele olha para o céu, depois para a moça, sem saber direito o que fazer em seguida, se agradecer, rezar uma ave-maria ou tocar no seu rosto de leve para sentir a textura da pele dos anjos (da pele do rosto dos anjos).

Tem a impressão de já a ter visto antes, mas onde?

"O que você vai fazer com tantas laranjas?", ela pergunta, sem olhar para ele, continuando a escolher as frutas.

"É para os frades."

Clara termina de ajeitar sua cesta. Não vê mas pode sentir os olhos de Bernardo nos seus cabelos lisos, presos atrás num coque improvisado (o arranjo pode se desfazer a qualquer momento).

"Você também vai ser padre?"

"Frade."

"Isso, frade."

Ele não responde.

"Acho uma coisa linda ser padre. Eu, se pudesse, seria freira."

"Nome de santa você já tem."

Bernardo se assusta com a própria frase. Não quis ser galante, talvez nem mesmo quisesse ter sido gentil, como é do seu feitio no trato com as pessoas, não sabe o que pretendia, apenas disse as palavras que lhe vieram à boca.

"É verdade. Gosta do meu nome?"

Ele assente num movimento de cabeça, já nem consegue dizer *sim*, abrindo uma nova pausa no diálogo, nada programado nem por um nem por outro, apenas uma pausa, no instante em que o vendedor se aproxima e puxa uma conversa qualquer.

Clara não se move de onde está, espera que o vendedor termine sua intromissão, pare de fazer perguntas e comentários idiotas e deixe-os novamente a sós.

O rosto de Bernardo retorna à cor natural, talvez a interrupção o tenha deixado mais calmo, é provável que tenha percebido que não há motivo para constrangimentos. Trata-se apenas de uma jovem educada, os habitantes da cidade têm muito apreço pelos franciscanos ou pelos que vão (talvez) se tornar franciscanos. Além do mais, ela não há de ter notado o furacão que acaba de passar, violento e ligeiro, por seu corpo, portanto não tem cabimento agir como um menino assustado.

"É um nome bonito. Clara. Quem escolheu?"

"Eu mesma escolhi."

Ele franze as sobrancelhas, sem entender.

"Hora de ir andando", ela diz, e caminha até o balcão para pagar as compras, deixando o noviço num mar misturado. Pernas, braços, seu corpo inteiro lhe pede para não sair de onde está, não mover um músculo sequer, esperando até que a tentação vá embora, mas de algum lugar vem uma força – ele a desconhece – que o empurra até a rua, onde alcança Clara.

Ela olha para o rapaz parado à sua frente, ofegante, aguardando o que possa dizer e ela quase adivinha, aquilo que ele não tem como transformar em palavras, embora esteja fazendo progressos ou não diria o que diz:

"Você vem aqui todo dia? Vai vir amanhã?"

"Amanhã?"

Ele não sabe a próxima fala do diálogo que já foi mais longe do que poderia esperar e apenas aguarda de Clara uma palavra qualquer que não o deixe voltar à realidade, pelo menos não sozinho.

Ela esboça um sorriso (que seria apenas cordial não fosse o fato de que um sorriso assim não combinaria com esta parte da história) e caminha para fora do mercado.

Bernardo fica na calçada, pensando se não seria uma visão aquilo, como se não fosse real a mulher cujo corpo segue balançando levemente no calor da tarde, feito um barco ancorado no cais, ao sabor de pequenas ondas. Era isso, Clara caminhando era um barco que agora se soltava e vagava mar adentro, levando com ele os olhos de Bernardo e também suas mãos, seus desejos e o que ainda possa ter sobrado de sua alma.

3

Eis ali o Andador, sentado na calçada em frente à casa de Pepe, o sol iluminando seu rosto alerta. Pernas dobradas junto ao corpo, braços sobre os joelhos curvados, ele acaricia a cabeça de Ramon. Enquanto espera que o dono da casa apareça, sua memória lhe traz uma cena antiga, que a janela nos mostra nesse momento.

O Andador, Bernardo e Ramon na insólita classe formada por um noviço, um louco e um vira-lata, atentos ao mestre que se movimenta agitado pela sala, apanhando um livro na estante e levando-o até onde estão os aprendizes.

"*Utopia*", diz Bernardo, lendo em voz alta o título do livro colocado sobre uma cadeira, entre ele e o Andador.

"Podem levar", diz Pepe, voltando para a frente da parede, onde vemos um mapa-múndi.

"Como estava dizendo, o mundo já foi assim um dia. Esses dois continentes, África e América do Sul, reparem como parecem se encaixar um no outro. Se juntássemos os dois, se tirássemos do meio deles toda essa parte azul, o oceano, eles se encaixariam perfeitamente, seriam um único pedaço de terra."

O Andador tem os olhos arregalados e a boca fechada. Não gosta de interromper as explanações de Pepe. Ouve com atenção quando o mestre lhes apresenta alguma teoria científica, a resolução de complexos cálculos matemáticos ou a dissecação de uma planta, deixando as perguntas para Bernardo.

"E por que isso? Por que se encaixam?"

"Porque já estiveram juntos."

Ramon desperta do cochilo no colo do Andador, levantando a cabeça, assustado. Ele acredita que seu cachorro tenha ouvido e entendido a afirmação de Pepe, o que pode soar absurdo se você não souber que o Andador não descarta hipóteses que uma pessoa normal descartaria (reúne a todas e saca uma ou outra de sua cabeça conforme a ocasião, às vezes duas ou três simultaneamente, quando então quem o ouve o toma por doido varrido, com motivos).

"No início do século XX um cientista provou isso. No livro *As origens dos continentes e oceanos*, Wegener ficou intrigado com essa semelhança no contorno dos dois continentes, essa possibilidade de encaixe. Claro, muita gente já havia notado, mas ele resolveu investigar. Além do desenho, outra coisa intrigava Wegener: o fato de algumas espécies de animais existirem tanto num quanto noutro. Alguns biólogos defendiam a ideia de que no passado havia enormes pontes de granito ligando os continentes."

"Pontes de granito?!"

"Era uma teoria completamente equivocada. Wegener descobriu não apenas que havia as mesmas espécies nos dois continentes como também algumas cordilheiras, se fossem colocadas juntas, se encaixariam, e que alguns tipos de rochas dessas cordilheiras eram as mesmas. Sua teoria era que os continentes estiveram juntos um dia e depois se separaram. Ele provou que a crosta terrestre não é uma matéria estável, como todo mundo acreditava. A Terra é formada por imensas placas rochosas, com intervalos entre uma e outra. Essas placas deslizam e interagem, às vezes provocando cataclismas, como o do dilúvio narrado na Bíblia."

Bernardo se mexe na cadeira, incomodado.

"Você está dizendo que o dilúvio, de Noé, aconteceu por causa de um deslocamento dessas placas?"

"Sim."

Pepe espera por uma réplica de Bernardo. O noviço apenas passa as mãos no rosto, sem dizer nada.

"Antes de Wegener, cientistas tinham mostrado que algumas partes continentais subiam cerca de um centímetro por ano, provavelmente devido ao degelo da última era glacial. Wegener deduziu que, se os continentes se moviam verticalmente, também poderiam se mover na horizontal. Sua teoria foi motivo de riso. Só algumas décadas depois descobriram que ele estava certo, os continentes não estavam parados."

"Se continentes podem navegar, ilhas também podem."

"Podem. E a nossa não é a primeira. Há cerca de 50 milhões de anos havia uma ilha, na verdade um subcontinente, que mais tarde seria a Índia. Esse subcontinente, ou essa ilha, navegava a uma velocidade de 15 a 20 centímetros por ano na direção da Ásia. Do choque entre eles resultou uma cadeia de montanhas chamada Himalaia."

"Isso explica por que a ilha se move. Porque as placas estão se deslocando no fundo do mar, embaixo de nós."

"Há outro motivo, além desse."

O Andador se levanta e vai até a janela, nervoso. Por falta de escolha Ramon o acompanha, nos seus braços. No meio do caminho o dono acaba por deixá-lo no chão e o vira-lata aproveita para buscar um canto entre os objetos espalhados pela casa.

Pepe faz uma pausa até que o Andador se acalme, conhece seu aprendiz e sabe que tem desses rompantes, em especial quando presente algo assustador. Pouco depois prossegue, ainda perto do mapa.

"Há registros na biblioteca dos franciscanos dizendo que em meados do século XXI aconteceu uma conjunção de fatores climáticos que teria provocado um cataclisma tão forte quanto o que é descrito na Bíblia. Tsunamis, terremotos, furacões teriam causado um grande deslocamento dessas placas, afundando a maior parte dos continentes."

"E nós sobrevivemos."

"A ilha estava aqui, exatamente aqui", Pepe indica com o dedo um ponto ao sul do continente americano, "o cataclisma fez com que o continente rachasse nessa parte, formando a ilha. Se os registros estiverem corretos, não flutuamos apenas porque o planeta é feito de placas móveis. Flutuamos porque a ilha se desprendeu do continente, entenderam?"

Apenas Ramon responde, se é que se pode tomar como resposta esse latido fino que atravessa o silêncio da sala, depois das palavras de Pepe.

"Se o continente afundou, há restos dele no fundo do mar. E com esse mapa não seria difícil ir até onde ele estava. E aí poderíamos mergulhar e ver o que sobrou."

"Impossível. Esse é um mapa antigo, não dá pra saber se quando aconteceu o rompimento as posições geográficas eram exatamente essas. Não sabemos com precisão em que ano aconteceu e onde estava o continente. Além disso, a ilha também mudou de lugar. E continua mudando. Pode ser que esteja distante demais do continente."

O Andador levanta a mão, pedindo a palavra.

༄

Jamais saberemos o que disse o Andador naquele dia porque a janela volta ao presente, mostrando o homem e seu cão sentados na calçada, diante da casa de Pepe.

"Agora eu era um mergulhador, eu saltava dos rochedos sem roupa nem nada, era inverno, a água estava fria e eu nem ligava, era um mergulhador e meus olhos viam tudo, peixes, algas, pedras, a gruta perto dos rochedos, você sabe, Ramon, já te contei como é, a gruta do velho trem. Eu entrava na gruta e via os trilhos no chão e palavras escritas nas paredes, e setas e quadros com imagens borradas pela água, e numa parede da gruta alguém escreveu: $E = + \text{ ou } - mc^2$. Conhece isso, Ramon, está lembrado?"

Ramon boceja e o Andador aceita o gesto como um *sim*.

"$E = + $ ou $ - mc^2$. É uma simplificação da equação de Dirac, o físico que releu Einstein, o Dirac da antimatéria, lembra não? Einstein disse que energia é igual à massa multiplicada pela velocidade da luz ao quadrado, $E = mc^2$. Dirac criou outra hipótese, uma ligeira diferença em relação a Einstein, ele introduziu na fórmula um fato que teria escapado a Einstein: toda massa tem carga elétrica. Eletricidade, meu caro, eletricidade, é isso que importa. Toda massa pode ser negativa ou positiva e aí é que eu quero ver, haha, aí é que eu quero ver, se existe elétron existe também o pósitron, o antielétron, o elétron com carga positiva. Lembra das lições na casa do Pepe, seu dorminhoco? Antimatéria, amigão, é isso, antimatéria. Tudo tem o seu contrário, se existe o antiátomo tudo tem o seu inverso, a anticalçada, o antimar, o antirramon. Não me pergunte onde está o antirramon mas que existe existe. E quando matéria e antimatéria batem uma com a outra é aquela explosão! Muita energia junta, explode tudo! Hein, o que você disse?"

Ramon não disse nada, posso lhe assegurar. O Andador gosta de contar histórias mas as pessoas não gostam muito delas, uma pena, debocham dos enredos mirabolantes ou do modo como as narra, ligando frases desconexas ou inserindo na narração comentários sem sentido. Nem seu fiel amigo está interessado em saber se ele era um mergulhador ou não e ainda mais emendando com essa conversa de antimatéria – Ramon está com fome e se tivesse que prestar atenção seria numa história que falasse de um bom pedaço de osso com carne em volta.

"Eu era um mergulhador e mergulhava mais pra dentro da gruta, tem alguma coisa ali, no meio das pedras, uma entradinha, um corredor, onde é que isso vai dar?, preciso ver, tinha descoberto um caminho secreto na gruta do velho trem, era uma grande descoberta, Ramon, eu precisava ver de perto, precisava entrar naquela fenda. Só que não dava porque o máximo que conseguia prender a respiração era cinco minutos, tinha que subir logo porque o ar estava acabando mas antes de subir eu descobria atrás de uma pedra uma caixa de metal, um baú. Era leve, dava pra carregar, mas se nadasse com ele debaixo do braço teria que subir devagar demais, então subia sem baú nem nada pra voltar mais tarde, muito esperto, Ramon, muito esperto."

O cachorro levanta a cabeça, alerta, e depois volta a cochilar. Era apenas um bando de pombos pousando na calçada.

"Agora, esperto mesmo fiquei noutro dia, depois de ter subido com o bauzinho. Levava o baú pra casa do Pepe, claro que levaria aquele tesouro pra casa do Pepe. Quando ele visse aquilo! Mas bolei um plano antes, sabe, Ramon, não sou tão burro, não senhor, bolei um plano e por isso fiquei com umas coisas pra mim. Não me venha com esse olhar de reprovação, não fiz por mal. Tirei do baú algumas coisinhas, poucas, peguei o romance sim, você sabe disso, já te contei que fiquei com o romance, estava lá dentro, protegido contra a umidade, era um livro escrito por alguém do continente, era uma peça faltando e Pepe teria que montar o quebra-cabeça sem ela, mas ele é inteligente, muito inteligente."

Sua fala é interrompida pela chegada de algo novo, que modifica o cenário e dá início ao que se desdobra diante da janela, quando os olhos do Andador veem surgir à porta da casa o homem alto, forte, vestido com uma calça larga e uma velha blusa folgada no corpo, os pés descalços (como os meus, pensa), uma garrafa de vidro na mão esquerda.

Estão frente a frente os dois e o Andador sabe que não deve tomar nenhuma iniciativa, sequer se mexe, apenas os olhos piscam ansiosos.

Pepe se abaixa e deixa no chão a garrafa. Depois aponta o indicador na direção do sol. O Andador olha para cima mas não decifra a mensagem, não vê nada além da luz forte que ofusca sua visão e o faz cobrir o rosto com o braço. Quando torna a olhar para a casa, a porta está novamente fechada e Pepe já não está lá.

Agora vemos o homem a caminhar novamente pelas ruas, carregando a garrafa num dos bolsos do paletó, Ramon tentando a custo acompanhá-lo. Não entendeu o gesto de Pepe mas isso não o aborrece, não era esta sua missão e sim a de pegar de volta a garrafa e levá-la até o convento, quando repetiria para Bernardo exatamente o que Pepe fizera.

O itinerário dessa vez não deixa dúvidas, vai direto para o convento e nada poderá detê-lo. Nada, porém, é algo que significa muito na vida do Andador, um nada pode vir carregado de surpresas, sobretudo quando está associado a um homem de curvas e desvios, e também a uma garrafa que não se explica.

No alto do morro da Babilônia o Andador para e vê a cidade lá embaixo, plantada entre o mar e as montanhas. O que estarão fazendo as pessoas que ele vê dali, sobre o que conversam, teriam noção do que está acontecendo, do que ele, Andador, leva consigo dentro do paletó?

Cada um sabe de si e ele se sente o único que sabe de todos. Não deveria conduzir tudo sozinho, seria melhor falar diretamente com Pepe. Para o Andador, Pepe é o grande sábio da ilha, a quem chama de mestre e de quem por consequência se julga discípulo, embora não goste da palavra – tem aversão a certas palavras e discípulo é uma delas –, tanto que prefere ser chamado de aprendiz, ele e Bernardo, aprendizes do velho Pepe.

Aprendizes bem diferentes um do outro, claro. Pepe diz as mesmas coisas para os dois mas o Andador não entende os ensinamentos da mesma forma que Bernardo, às vezes levando um pouco a sério demais o que seria apenas suposição, hipótese, e noutras se emocionando quando não havia motivo, como aconteceu quando Pepe lhes apresentou um conceito matemático elementar, o de número imaginário.

Enquanto Bernardo tomava notas, o Andador era todo ouvidos, e consta, pelo que um dia me contou o próprio Bernardo, que o Andador tinha os olhos cheios d'água ao ouvir a explicação, a mesma (ou quase) que ele próprio vive repetindo para seu vira-lata.

"Tudo bem, Ramon, não precisa insistir, posso explicar de novo, mas presta atenção, cachorro avoado, é a última vez, presta atenção. Por exemplo, qual a raiz quadrada de -16? Já ensinei isso, raiz quadrada. Não é 4, é? Claro que não porque 4 x 4 é igual a 16 e não -16. Também não pode ser -4 porque -4 multiplicado por -4 também dá 16, já que os sinais negativos se anulam. Pra resolver esse problema, sabe o que os matemáticos, aqueles antigos, sabe o que os danados fizeram? Inventaram o seguinte, ouve só, Ramon: a raiz quadrada de -16 é imaginária. E completaram a invenção dizendo o seguinte, escuta, a raiz de -16 é $4i$, onde i tem uma propriedade: i x i = -1. Logo, $4i$ x $4i$ dá -16. Entendeu?"

Provavelmente não, mas o Andador não se abate, se Pepe é seu mestre cabe a ele ser o mestre de Ramon, mesmo que a raiz quadrada de -16 não seja exatamente um tema relevante para um cachorro.

"E tem mais, ainda tem mais: para os matemáticos, os números imaginários são tão reais quanto os outros. Ou os imaginários são reais ou os reais são imaginários ou todos são reais ou todos são imaginários. E você acha que eles, os matemáticos, estão errados? Pois eu te pergunto: o 4 é real? Você já viu um 4 por aí? Você estava andando na rua e um 4 parou na sua frente e você disse, ou melhor, você latiu olá seu 4, tudo bem?, como vai a família? Você algum dia fez isso, Ramon? Você pode ter visto 4 ossos, 4 pernas, 4 árvores, mas o 4 sozinho, o 4, ó, puro 4, já viu? O 4 é imaginário, Ramon. E se todo mundo acredita no 4, por que não acreditariam no $4i$? É tudo imaginação, meu caro."

A ILHA | 43

Ramon para numa árvore qualquer, disposto a fazer suas necessidades nada imaginárias.

O Andador volta a refletir sobre o que Pepe estaria querendo dizer com aquele gesto. Talvez estivesse sugerindo que a garrafa deveria ser exposta ao sol, da exposição surgiria alguma coisa nela, alguma palavra ou desenho, algo visível quando exposto à luz solar, ou que viera de algum lugar ao norte, na verdade não estaria indicando o sol, mas o norte.

Voltam a caminhar e o Andador se dá conta de que mudou de rumo, ele e Ramon, a ladeira do convento não é aquela. Não reconhece de imediato em que parte da cidade foi parar. A cidade, no entanto, é sua velha amiga e ele logo identifica a ruazinha que vai dar no largo onde mora Catarina – é para onde estou indo, não é?, fala em voz alta, puro como os que, de repente, esquecem.

Sim, é Catarina a destinatária da carta que levo comigo, remetida pessoalmente por Pepe, é para ela que devo levar a garrafa e seu segredo, pensa já chegando ao largo, as casas baixas formando um círculo, a pequena praça ao centro. Mais alguns passos e aí está a casa de sua amiga, que esteve a observá-lo desde que seu corpo inconfundível apontou na rua.

O Andador se espanta ao vê-la, esperava primeiro chegar, bater à porta, aguardar que alguém abrisse. Ver Catarina olhar para ele como se já o esperasse, vê-la como se não fosse ele a procurá-la mas ela a atraí-lo o confunde um pouco. Ele age rápido, segura sua mão e a conduz para o jardim ao lado, tirando de dentro do paletó a garrafa.

Estão num lugar alto. Dali se pode ver, por sobre o muro do jardim, parte do mar. Chegando mais perto do muro, podemos notar logo atrás o quintal da casa, e depois do quintal a praia onde vimos a menina correr descalça, e a parte do mar em que nadava quando viu passar justamente a garrafa que está em suas mãos.

"Onde você achou isso?", ela pergunta.

Com o dedo sobre os lábios o Andador pede silêncio. É preciso se concentrar na garrafa, no que traz dentro, no mapa que a menina finalmente retira e abre diante de si. Lá estão o continente e a ilha, os mesmos que vimos antes e revemos agora mas com uma diferença. Aquele traço em vermelho, aquele círculo feito a lápis na parte de baixo do mapa não estava ali.

Não é difícil concluir que foi Pepe quem fez o círculo. Agora não vemos apenas a extensa faixa de terra à esquerda do mapa e a ilha mais ao sul, perto do continente, com as linhas formando as coordenadas, podemos ver também o que foi destacado em vermelho, a frase: No princípio, Deus criou os céus e a terra.

"Onde você achou isso?", ela repete a pergunta, e como nada respondera da outra vez o Andador nada responde desta, apenas se queda estático diante de sua amiga, por quem tem tanto carinho e a quem gostaria muito de abraçar agora, sem motivo, só abraçar.

Mas não é o que faz. Pede de volta o mapa. Catarina reluta mas acaba entregando, já viu o suficiente naquele mapa e pressente que não precisará dele, guarda na memória o desenho, muito simples, e os poucos números das coordenadas. O Andador guarda o mapa no bolso de qualquer jeito – ele é mesmo assim, teve tanto cuidado com a garrafa e seu conteúdo e coloca o mapa no bolso de forma meio atabalhoada, deixando um pedaço para fora.

Despede-se de Catarina e já começa a deixar o cenário, que tem agora apenas a menina no jardim ao lado da sua casa, o muro atrás de si, o céu e o mar ao fundo.

Só nos resta fechar a cena com as rugas entre as sobrancelhas de Catarina, tentando entender não o que retrata o mapa mas quem o teria enviado naquela garrafa e por quê. E que sentido faria aquela frase, a primeira do Gênesis.

Se tivesse um navio, sairia pelo mar, o pai lhe ensinara a ler mapas, bastava ir atrás do Andador, tomar o mapa de volta e montar uma tripulação, escolher o comandante, fazer as malas – como iria convencer a mãe a deixá-la partir?, a mãe iria com ela?, o que colocaria na mala, o que afinal encontraria do outro lado? Ouvira dizer que no continente não havia pessoas, apenas monstros terríveis, ela nunca acreditou nisso, bobagem, também disseram que monstros não havia mas o continente era habitado por seres de outro planeta (mais uma crendice sem sentido). Um navio, se tivesse um navio.

༒

Lá está o convento, ainda firme sobre a pedra do Leme. Daqui podemos ver o pátio, com a velha cruz de madeira e a fonte onde eu brincava quando criança, inventando no tanque cheio d'água viagens por oceanos crivados de navios invisíveis, em cujo céu cruzavam naves velozes que eu nunca, jamais iria ver.

Ao final do pátio a igreja, com seus bancos de madeira e os janelões deixando entrar a luz do dia. Ao fundo, pregada na parede, a figura de Cristo esculpida em cerâmica, e sobre o altar, uma em cada canto, duas imagens menores, de São Francisco e Santa Clara, que a janela nos mostra quando a luz do sol incide sobre o rosto de São Francisco (não seria impertinente supor que o santo parece agradecido pelo afago, vindo tão natural da parte de seu irmão).

E no centro de tudo a velha amendoeira. Foi em torno dela que se ergueu o convento. Diz a lenda que um dos primeiros franciscanos foi quem sugeriu que desenhassem não um convento com uma amendoeira dentro, mas uma amendoeira com um convento em volta. Assim foi feito e na planta original da obra traçaram o pátio a partir da amendoeira, e a igreja a partir do pátio, e as celas dos frades, a cozinha e o refeitório a partir da igreja, de modo que tudo obedecesse a um plano prévio de comunhão.

Agora queira por favor erguer os olhos para aquele lado, no alto. Ali está, a torre iluminada pela luz da tarde. Vista de baixo, envolvida pelas nuvens, parece divina, não acha? Pois certa vez sugeriram o contrário, que por ser tão alta, e por ser torre, lembrava algo bem mais humano, Babel, a torre da confusão.

Pois é na torre que estamos agora, vendo pela janela da biblioteca o arco de entrada do convento, sob o qual passa Bernardo.

Algo o aflige. Está numa corda bamba a uns bons metros do chão. Além da culpa, pesa sobre seus ombros a angústia de não poder rever a mulher (sensação que obviamente aumenta ainda mais a culpa), de não encontrá-la nunca mais. É quase um menino mas antevê o precipício, a encruzilhada em que se meteu, não acha prudente continuar pensando em Clara e não para de fazer isso, e de se sentir angustiado pela possibilidade de não a rever novamente ou, revendo-a, não saber o que fazer.

Deita-se no banco, debaixo da amendoeira. Estica as pernas, vira-se de lado, as mãos servindo de travesseiro, e adormece à sombra fresca do final de tarde.

Tem um sono agitado, pronuncia algo que não nos é dado ouvir e chama a atenção do velho frade, este que vemos chegar silenciosamente ao seu lado, despertando-o pouco depois com um leve toque no ombro.

Bernardo senta-se, ainda zonzo.

"Aconteceu alguma coisa, filho?"

"Estava cansado, acabei cochilando."

O frade olha para ele com tamanha ternura que quase o leva a confessar tudo. A boca se abre, pronta a tagarelar o que não deve. Era isso o que iria acontecer se o frade não perguntasse algo que fez calar o que estava a ponto de ser revelado.

"Terá sido um sinal?"

Numa questão de segundos ele entende que ainda não é hora de contar a verdade. Sabe das preocupações do outro, sabe que aquele frade, seu superior, ainda não está bem certo da vocação do noviço, às vezes sente que ainda não está preparado ou nunca vai estar.

"Sinal?"

"Esse cansaço repentino e a sua agitação. Você estava se mexendo muito, falando coisas. Lembra-se do que sonhou?"
"Não."
"Que pena."
"Por quê?"
"Se soubéssemos o que você sonhou, poderíamos entender melhor o que a natureza está querendo nos dizer."
Bernardo desvia os olhos.
"Você falou durante o sono."
"Falei?"
"Um nome. Várias vezes."
"Qual nome?"
O frade sorri novamente, vai até a fonte e volta com uma caneca de água. Bernardo repara nas mãos enrugadas do outro, nas manchas escuras: é um velho franciscano que me oferece água, ficarei velho um dia, vou viver até lá?
"Bebe, você está precisando."
Ele bebe tudo de um gole só.
"Qual foi o nome, irmão?"
"Clara. Santa Clara."

4

Quando se acreditava que só havia um mapa, eis que surge o segundo, dando novos rumos à nossa história.

A janela nos mostra essa praiazinha que chamamos de Urca, e nela um pescador recolhendo a rede. Entre sardinhas, namorados, badejos – a serem expostos logo mais nas bancas do mercado –, vê algo que não deveria estar ali: a escura garrafa de vidro, fechada com uma rolha.

O pescador retira da rede a garrafa e a joga na areia, sem interesse algum naquilo. Seu filho, no entanto (é filho do pescador esse menino de uns dez anos de idade, descalço e sem camisa, pele queimada de sol), interrompe a brincadeira e olha curioso para o objeto, caído a poucos metros de onde está.

Ele caminha pela areia quente, apanha a garrafa e tenta tirar a rolha. Pede ajuda ao pai. O pescador não está num bom dia, talvez as coisas não andem bem, talvez não esteja vendendo muitos peixes ou a mulher o esteja aborrecendo com alguma coisa, não dá para saber, sabemos apenas que não está num bom dia e sabemos ou desconfiamos disso porque seu rosto está tenso, um vinco na testa, não assovia como aquele outro logo adiante.

Não está gostando nem um pouco do que faz. Retira com violência os peixes e os joga no cesto de palha. Talvez por isso não tenha sequer respondido ao filho, que pede de novo, puxando o pai pela camisa até desistir, recorrendo então a outro pescador, o que assovia uma música qualquer e prepara a rede para ser lançada novamente ao mar.

O outro pescador não está num dia ruim, pelo contrário, deve estar vendendo bastante peixe e ama sua mulher, se for casado, de nada sabemos a seu respeito a não ser que é um pescador gentil, que deixa a rede na areia para atender ao pedido do menino, pegando a garrafa e com certa facilidade tirando a rolha.

Veja o sorriso de agradecimento do menino ao receber de volta a garrafa destampada e seu olhar de surpresa quando, colocando-a de cabeça para baixo e forçando com a outra mão o fundo, vê cair de dentro dela um pedaço de papel.

"Pai, olha!", ele grita, usando a descoberta na tentativa de reatar contato.

O pai não ouve, ou finge não ouvir, e cabe ao outro pescador fazer sua parte no desvendamento do enigma. O pescador se abaixa – a rede já devia estar nas águas mas ele não se importa –, ficando na mesma altura do menino, e pede para ver o papel.

No papel a criança e o pescador, rostos quase colados, podem ver algo que faz seus olhos brilharem. Há manchas espalhadas, deve ter entrado um pouco de água na garrafa, a água e o sal mancharam ligeiramente o desenho mas não borraram as linhas, os números e letras.

Quem fez o mapa devia estar com pressa – ou foi desenhado por alguém que não é do ofício –, o traço é um pouco grosseiro. Lá estão as indicações dos pontos cardeais e algumas coordenadas, com parte do continente e a ilha. E uma frase que ainda não podemos ler com nitidez, na parte de baixo.

O menino olha para o pescador e seus olhos pedem ansiosos uma explicação. Vão até um lugar na sombra, sentam-se na areia e tentam achar um sentido para aquela carta sem palavras, ou com palavras que eles não sabem ler – no sentido figurado e também literal, são analfabetos.

"Está vendo isso aqui?", o homem pergunta, apontando para a pequena forma ovalada, "é onde nós estamos."

Olhando ao redor do que seria, no mapa, a sua ilha, o menino vê todo aquele azul e seus olhos num impulso se voltam para o mar de verdade, que não é desbotado daquele jeito. Passam por sua cabeça o contraste e a dúvida – como pode um ser o outro, como pode um tão imenso caber no outro, tão pequeno?

"E isso, o que é?"

A pergunta vem acompanhada de um aperto no braço do pescador. O homem não pode ler as palavras mas o mapa confirma o que ele sempre soube, mesmo sem provas concretas: o continente existe. Pois foi para lá que se moveu o dedo do menino, foi para o continente que apontou perguntando o que era.

"É outra ilha."

A mentira se justifica, ele quis poupar seu amigo, muitas pessoas diziam que o continente era habitado por seres terríveis, outros acreditavam que não se podia sair de lá, quem chegasse ficava prisioneiro para sempre. O homem achou que o garoto também tivesse ouvido essas histórias e concluiu: se eu disser a palavra, se ele ouvir a palavra *continente*, vai se assustar.

"Outra ilha? Desse tamanho?"

A resposta, ou pergunta em forma de resposta, mostra ao pescador que seu plano não deu certo. Queria oferecer um pouco de conforto, foi isso o que quis fazer e por isso mentiu, percebendo que a mentira foi em vão, uma ilha tão grande não pode ser boa coisa – o garoto começa a chorar e corre para onde está o pai.

O pai se assusta com o pequeno agarrado a suas pernas. Finalmente deixa a rede e lhe dá atenção, querendo saber o que está acontecendo. Olha na direção do outro pescador, que não olha para ele.

"Que choro é esse?"

O menino não responde, nem vai responder jamais. O pai ainda insistirá um pouco, na praia e depois, quando chegarem em casa, mas logo esquecerá de vez, colocando o choro do filho na extensa conta de suas esquisitices (nem parece uma criança normal, dirá novamente à mulher).

A distância, o outro pescador, olhando novamente para o mapa que tem nas mãos, sabe por que o menino desandou a chorar daquele jeito. E olhe que sequer pode decifrar o que finalmente nos é permitido ler. A janela nos oferece uma aproximação e é possível identificar as palavras na parte inferior, em letras negras sobre fundo azul (se juntássemos os dois planos, o do mapa e o da realidade, veríamos letras grafadas em pleno oceano).

As palavras se aproximam dos nossos olhos, formando a frase: "A terra, porém, estava informe e vazia; as trevas cobriam o abismo e o espírito de Deus pairava sobre as águas."

༄

O primeiro desaparecimento ninguém sabe dizer ao certo quando aconteceu. Talvez um pouco antes disso que a janela começa a nos mostrar.

A praia é a mesma do episódio anterior, nossa pequena Urca, em outro dia, amanhecendo. Ao fundo do cenário, o sol vai subindo devagar. Aqueles dois pescadores, o carrancudo e o que gosta de assobiar, também estão lá, mas falta alguém: o menino.

O pescador se aproxima e pergunta por ele. A resposta do pai não é bem uma resposta, é um resmungo incompreensível, como da outra vez não está para conversas, o rosto fechado.

Um mau pressentimento ronda o pescador. Acredita em pressentimentos, sobretudo nos maus. Há três dias o pai tem estado sozinho na praia, sem a criança. O pescador sentiu a ausência, ficou preocupado e agora decide enrolar de volta a rede que estava para jogar às águas, guarda a rede no barco e sobe a areia da praia, seguindo pela rua na direção da casa onde mora o menino.

A última vez em que o viu foi quando conversaram sobre a garrafa e o mapa, depois não foi visto mais na praia. Devia estar doente, com a mãe cuidando dele, ou pai e mãe podem ter deixado a criança sozinha, isso não se faz, pode estar com fome ou necessitando de alguma coisa, é preciso apertar o passo.

A casa está vazia, ninguém responde quando chama e depois bate com força na porta, em seguida na janela, atraindo a atenção na casa vizinha, de onde uma senhora pergunta do que se trata. Não, não viu o garoto, achou que estava com o pai. O pescador pergunta de casa em casa. Nada.

Poderia ir até a delegacia mas sabe que não adiantaria muito, só há um delegado na ilha e dorme mais do que trabalha, o que não chega a ser reprovável se considerarmos que não há grandes delitos por aqui. Em geral o que temos são casos irrisórios, uma rixa de vizinhos por uma ninharia qualquer, algum bêbado criando confusão e indo dormir uma noite ou duas numa das poucas celas da cadeia, nada que ocupe tanto as horas do delegado, já de idade avançada.

À sua memória chegam histórias que ouve desde criança. Tem tido pesadelos com elas. Os pesadelos começaram no dia em que viu o maldito mapa, a partir daí é atormentado pelas velhas histórias sobre o continente e dos planos de chegar até lá, nenhum deles concretizado mas muitos ainda no ar, à espera apenas de alguém que os pegue com as mãos.

Outras pessoas encontraram o mesmo mapa. Ele ouvira dizer que o Andador deixara cair o mapa quando caminhava pelas ruas, um homem o achou e logo a notícia se espalhou pela ilha. O pescador não sabe que *não* são idênticos, que aquele que viu com o menino é outro, um segundo, parecido, claro, mas não exatamente igual.

Considera a possibilidade de alguém mais afoito ter se aventurado ao mar em busca do continente. E se o garoto tiver partido com eles? Não, se alguém tivesse feito isso todos já estariam sabendo, as notícias se espalham rápido por aqui.

Roda pela cidade, prestando atenção às crianças (poucas) que encontra pelo caminho. Quando se aproxima do cais, percebe que alguém o observa, pela visão lateral percebe o olhar. Vira o rosto e vê o Andador, olhando para ele com ar de interrogação.

Cumprimenta o Andador mas não se aproxima. Está confuso, um pouco envergonhado também e, sobretudo, confuso, andando a esmo, procurando um moleque que pode estar tomando banho de cachoeira com os amigos ou jogando bola num campinho qualquer.

Se perguntasse ao Andador, que continua a olhar para ele, pode ser que ficasse ainda mais transtornado ou pode ser que, ao contrário, encontrasse alguma pista. Se não desconfiasse tanto do louco da cidade e fosse conversar com ele saberia, pelo menos, que o menino não foi o único a desaparecer.

༄

Agora o Andador passa ligeiro pela rua dos Arcos. Enquanto caminha sua memória vai trazendo imagens entrecortadas, a memória funcionando às vezes como seus passos pela cidade, sem direção precisa, sujeitos a repentinas mudanças de itinerário, as pernas caminhando junto com o pensamento ou um pouco atrás.

"Não, não estou falando com você, Ramon, estou falando sozinho, me dá licença? Posso falar sozinho? Obrigado, muito obrigado. Dentro do baú que peguei na gruta, aquele bauzinho de alumínio, parecia alumínio, sei lá, dentro dele tinha um romance. A história você sabe qual é, já li pra você, fala da Cidade Ideal, dos cientistas daquele projeto, e do C-33, e também de antimatéria, ondas radioativas etc. Sei que você não gosta de ficção científica, fazer o quê?, não fui eu que escolhi o romance, ele estava lá e eu só peguei, era um romance e contava tudo, incrível, contava tudo e eu não podia contar pra ninguém. Foi quando bolei o plano, foi aí que planejei tudo, depois de ler o romance."

Ele para de falar e de repente acontece: seu rosto se desanuvia, um tímido sorriso se desenha nos lábios.
"Sabia que você não existe de verdade, Ramon? Mas não é só você que não existe. Este que você está ouvindo falar, este aqui, eu, também não existe, nem essa rua, o largo, o convento, pra ser sincero só uma coisa existe de verdade, e essa coisa é a garrafa, e o mapa, o resto, puff, é tudo mentira. Tem também o romance, claro, o que achei no baú e peguei pra mim. Lembra da história, não lembra? Era uma vez um mundo maluco, mais do que eu e você (você também é meio doido, nem adianta dizer que não, haha), um mundo com tudo trocado, chuva demais, calor demais, gente demais, o planeta quase explodindo, era uma vez, e aí um homem inteligente teve um sonho, sonhou um mundo sem aqueles problemas todos, e saiu espalhando o sonho por aí até muita gente acreditar, gente mais maluca do que ele, era uma vez uma Cidade Ideal, lembra não?"

Ramon deita-se nas pedras da rua, ajeitando o corpo para mais um cochilo. O Andador o pega nos braços e retoma a caminhada.

"Você nem devia reclamar que está com fome e cansado, seu comilão dorminhoco, não devia porque se você não existe a sua fome e o seu cansaço também não existem, é uma questão de lógica. Fadas? Você acha que as fadas existem? É, pode ser, aí você falou uma coisa certa, finalmente, mas fada de cachorro não sei se existe não, companheiro, tem fada das crianças, e li num livro, um outro romance, não é aquele que achei no baú, não, li na biblioteca dos franciscanos, nesse livro existe uma fada de bonecos de madeira, de um boneco pelo menos, uma fada de cabelos azuis, depois dizem que eu é que sou louco, ha, fada de cabelo azul, mas pode ser que você esteja certo, pode ser que exista uma fada dos cachorros, pode ser que existam ilhas também, outras ilhas."

O vira-lata levanta a cabeça, orelhas em pé. Um cachorro passou perto deles e chamou sua atenção, embora o Andador desconfie de que o motivo foi outro: Ramon não pode ouvir falar de ilhas, é só ouvir a palavra e se agita.

"Tudo é possível nesse mundo, meu amigo. Depois do que descobri naquele baú, e depois do que li no romance, vou te dizer com franqueza: tudo é possível. Lembra do que Pepe ensinou? Antigamente se acreditava que a luz era feita de partículas, Newton achava isso, depois descobriram que não, a luz é uma onda, como as ondas do mar, só que as do mar a gente vê e as da luz não, são ondas invisíveis, como as ondas sonoras. É verdade, o som, como a luz, também se propaga em ondas invisíveis. Há mais ondas no mundo do que supõe nossa vã filosofia, disse um poeta, eu acho. É o que eu digo: tudo no mundo é possível. Não vê o caso dos Golems?"

O cachorro ignora a pergunta, a história já não lhe interessa, a parte que fala de ilhas foi muito rápida, já passou, e ele não tem o mínimo interesse em ondas invisíveis, Golems ou coisa que o valha.

"Golems eram bonecos de barro, já te falei deles mas você não lembra. Uns magos faziam os bonecos, que eram igual gente, não, não faziam cachorros, sinto muito, só gente mesmo. Depois de fazerem os bonecos, os magos diziam umas palavras mágicas e pronto!, os bonecos ganhavam vida, se você não acredita paciência, eu só digo a verdade, você sabe disso. Os Golems ficavam iguaizinhos a uma pessoa mas não podiam falar, deve ser triste não poder falar, eu não serviria pra ser um Golem, não mesmo. Quando o mago queria dar vida ao boneco de barro precisava dizer as tais palavras mágicas e também precisava escrever na testa do boneco a palavra *emeth*, que numa língua antiga significava *verdade*. Só que às vezes acontecia um problema, Ramon, pois é, tudo tem sempre um porém, haha, você acha que sabe tudo mas não sabe é nada, haha, às vezes o Golem fugia do controle, queria ser gente mesmo, queria falar ou queria outra coisa qualquer que não podia, então a história começava a ficar perigosa e o mago só tinha uma saída: apagar da palavra escrita na cabeça do boneco a letra 'e'. Aí *emeth* virava *meth*, que nessa língua antiga queria dizer *morte*, e o Golem morria, coitado, era uma vez um Golem."

5

Já ouvi dizer que quando você perde alguma coisa deve refazer mentalmente seu percurso, começando de onde viu pela última vez aquilo que perdeu. Em algum ponto dessa lembrança o objeto há de despontar na sua memória e você poderá voltar ao lugar exato e reavê-lo. É provável que tenha sido essa a estratégia que ocorreu a Bernardo quando acordou perguntando-se onde havia perdido Clara. No sonho conturbado que teve com ela, no dia anterior? Ou no mercado, quando se despediram?

Uma hipótese o levava a uma decisão prática: voltar ao local onde a encontrara. A outra apontava para aquilo em que ele definitivamente não queria acreditar: Clara não existia, ele a havia sonhado.

Decide agir rápido, antes que a espiral de divagações ganhe círculos além do aceitável (como costuma acontecer com ele), e por isso o vemos chegar ao mercado procurando pelas bancas não as melhores frutas ou as verduras mais frescas e sim uma mulher que há de ser real.

Óbvio que é, você pode estar dizendo, se for uma pessoa sensata, com a balança do juízo pesando para o prato da realidade. A de Bernardo, percebe-se, pende para o outro lado, daí o fato de ele duvidar ainda da existência de Clara fora dos seus sonhos. Precisaria vê-la novamente para ter certeza e por isso caminha entre os vendedores, passa pelas barracas de frutas, chega às bancas de peixes e aves, vai até os artesãos. Ninguém a viu.

Vai voltar, ela não estava quando passou da primeira vez mas talvez tenha chegado agora. Os vendedores estranham sua presença sem a costumeira cesta de compras, seu ir e vir apressado.

Ao chegar ao ponto de onde partira, apoia o braço na lateral de uma barraca e decide que não, não vai fazer novamente o caminho, é loucura demais para uma tarde só. Resolve procurar pela praia.

O mundo talvez não seja tão injusto, pensa ao avistar o cais, e nele uma mulher sentada. Não dá para ter certeza, mas os olhos ou o desejo, ou ambos, avisam a Bernardo que sim, é ela quem está à beira do cais com um caderno no colo, lápis na mão, olhando o mar.

Ele se aproxima e espera de pé, às suas costas. Percebe que Clara vê sua sombra. Não sai de onde está, ele e sua sombra cercando o corpo de Clara como se quisessem fechá-la num abraço impossível, um homem e seu duplo previamente combinados para não deixar que uma mulher escape.

Senta-se no banco e ela volta rapidamente os olhos para ele, tornando a olhar para o mar logo em seguida.

"Você hoje não comprou as laranjas dos padres."

"Frades."

Agora ela o encara de frente, com firmeza. Ele se assusta um pouco.

"Foi fácil me encontrar, não foi?"

"Acho que dei sorte."

"É, tem razão. Da próxima vez pode ser um pouquinho mais difícil."

Você, que não sei quem é mas por quem, desculpe, já tenho algum afeto (ou seja lá como se chama esta sensação de paz quando lhe escrevo), você pode ver daí a alteração no rosto de Bernardo? Alteração bastante compreensível, afinal como entender aquele *próxima vez* que Clara deixou cair sobre a conversa como se deixa cair distraidamente um lenço sobre a calçada?

"Gosta de desenhar?", ela pergunta.

"Não sei."

"Não sabe? Como pode alguém não saber se gosta de desenhar ou não? Se não sabe, é porque não gosta."

"E isso é ruim?"

Clara dá de ombros e muda de assunto, apontando para o mar.

"Dia desses vi uma garrafa passando bem ali. Veio dos rochedos, passou por aqui e foi parar lá na frente, está vendo? Aquela árvore? Ele estava debaixo da árvore, o franciscano. Vi quando pegou a garrafa."

"Por que ele fez isso?"

Ela olha para Bernardo sem entender.

"Você é engraçado."

"Eu?"

Clara fecha o caderno, com o lápis dentro.

"O que você acha que podia ter na garrafa?", ela pergunta.

"Tinha que ter alguma coisa?"

"Não, não tinha. Mas se tivesse, o que você acha que seria?"

"Uma mensagem?"

Ela sorri – agora sim, Bernardo começava a fazer sentido.

Ele está gostando da brincadeira, se fosse preciso dizer a você o que acho diria que o noviço está gostando de aprender a fingir, o que me lembra um livro antigo. O título não me ocorre e não tenho disposição para procurá-lo, não importa, é um livro antigo e nele li certa vez uma frase que me vem à memória para ilustrar o que vemos. A frase: quem não sabe esconder não sabe amar.

"Quem você acha que pode ter enviado a garrafa?"

"Não sei, Clara. Pode ser alguém da própria ilha."

"E por que alguém faria uma coisa dessas?"

"Alguém pode ter simplesmente jogado a garrafa fora."

"Só que você não acredita nisso, acredita?"

Pobre Bernardo, a pele tão branca tingindo-se de rosa.

"O que você está me escondendo? Não pode mentir não, você vai ser padre."

"Frade, o certo é frade."

Ela não diz mais nada e ele também não, fica olhando para longe, para o lugar onde estava naquela outra tarde, quando encontrou a garrafa. Ela acompanha seu olhar.

"Era eu que estava lá. Debaixo da árvore, era eu."

"E por que não disse logo?"

Ele sorri. E de onde viria esse brilho nos olhos dela? Certamente do fato de estar começando a achar interessante aquele rascunho de franciscano, o sorriso que acaba de flagrar no rosto dele é atraente (e ele até sabe mentir!).

"E então?"

"Então o quê?"

"O que tinha dentro da garrafa?"

Bernardo respira fundo.

"Um mapa. Mostrando a ilha."

"Só a ilha?"

"Não. Mostrava outra coisa também."

"O quê?"

"No canto esquerdo, perto da ilha, tinha um pedaço de terra, grande. Acho que o mapa estava incompleto, a parte que aparece é o litoral de algo maior, muito maior."

"Um continente?"

"É."

Clara deixa cair o lápis e o caderno e Bernardo se abaixa rápido, meio estabanado, apanhando-os do chão e colocando-os novamente sobre o colo dela.

"E onde está a garrafa?"

"Dei pro Andador e acho que ele a levou até o Pepe."

"Por que você fez isso? Por que deu a garrafa pro Andador? E por que ele inventou de levar a garrafa pro Pepe? Sabe o que eu acho? Você deve ser maluco que nem eles ou até mais."

"Mais?"

"Mais sim senhor, porque você não tem cara de maluco e eles têm."

"Faz sentido."

"Não disse? Você é doidinho."

"O mapa está rodando por aí, pela cidade. O Andador o perdeu, um homem achou e todo mundo está falando nisso, no mapa com a ilha e o continente. E tem também uma frase escrita na parte de baixo, a primeira frase do Gênesis, você sabe qual é."

"Não, não sei."

"No princípio, Deus criou os céus e a terra."

"E o que a frase tem a ver com o mapa?"

"Não dá pra ter certeza."

"O que *você* acha?"

"Uma coisa é certa: quem enviou o mapa sabe mais do que nós. Sabe onde fica, ou ficava, o continente, e a distância entre ele e a ilha."

"E se o mapa for falso?"

"Acho que é verdadeiro."

"Então alguém pode estar em perigo. Pode ser um pedido de socorro."

"Nesse caso, não seria melhor dizer logo onde está? Por que esse jogo com a frase do Gênesis?"

"A pessoa pode estar sendo vigiada, Bernardo. Pode até estar presa."

"Mas se estivesse presa, e vigiada, não mandaria garrafa nenhuma."

"Por que não? Talvez seja a única forma de enviar o recado. E quem mandou a mensagem conhece a Bíblia. Está querendo dizer que é um religioso."

"Ou quem sabe o recado não esteja no remetente mas no destinatário."

"A mensagem não foi enviada *por* mas *para* um religioso."

"Exato."

"A mensagem seria endereçada aos franciscanos."

"Sim."

"Por isso foi você quem encontrou a garrafa."

"Não. Isso foi coincidência. Qualquer um poderia ter encontrado."

"Mas não foi qualquer um, foi você. E deu a garrafa pro Andador, que a levou pro Pepe. No final das contas, foi você que começou toda essa história, não foi? Se tivesse deixado a garrafa lá, quieta no seu canto, não estaria acontecendo nada."

"Não foi de propósito."

"Eu sei, mas a pessoa que mandou a garrafa pode ter planejado isso. Deve ser alguém que conhece bem a ilha, o movimento das marés, as correntes marinhas, deve ter dado um jeito de a mensagem chegar não em qualquer lugar mas perto do convento."

"Não acredito que alguém possa fazer uma coisa dessas, mandar uma garrafa pelo mar sabendo exatamente onde ela vai parar."

"Nenhuma pessoa que você conhece. Mas não sabemos como são as pessoas do continente. Pode ser que elas saibam coisas de que a gente nem desconfia. E tem mais."

"O quê?"

"Muita gente não acreditava na existência do continente, achava que era loucura, e agora todo mundo acredita. As coisas mudam, sabia?"

"Sabia. Aliás, sei. Sei muito bem."

Uma onda mais forte bate na praia, fazendo barulho e chamando a atenção de Clara, enquanto o noviço abaixa a cabeça e cruza as mãos sobre o colo (quem passasse pela rua poderia dizer que dorme, ou está rezando).

Clara volta ao caderno e ao lápis, novamente para não fazer desenho algum.

As sombras dos dois se encontram logo à frente deles. Pela posição do sol acabaram se juntando e é para elas que Bernardo e Clara olham ao mesmo tempo, cada um vindo de seu próprio mundo e desembarcando ali, no encontro de suas partes sem matéria, seus perfis sem nada dentro.

"Quer ouvir o sonho que tive ontem?", ela pergunta.

"Quero."

"Eu estava no alto de uma torre. Era uma noite escura e chovia muito. De repente a chuva parou e veio um clarão iluminando tudo, como se fosse dia."

Bernardo olha para ela, surpreso.

"O que foi?"

"A terceira frase do Gênesis. Deus disse: faça-se a luz! E a luz foi feita."

"Você acha que meu sonho quer dizer isso?"

"Não sei. Desculpa, continua."

"Eu estava no alto da torre, dava pra ver as ruas, as praças, os Arcos, o cais, toda a cidade. E de uma hora pra outra o cais sumiu."

"Sumiu como?"

"Sumiu, desapareceu! E depois foram os Arcos. E o convento também. Eu sentia medo, a cidade inteira estava sumindo na minha frente. Um morro também sumiu, depois as árvores todas desapareceram e várias casas de uma vez. Fui ficando angustiada com aquilo, era tudo rápido demais, quando dei por mim não existia mais cidade, só a torre onde eu estava. Olhei pra baixo e vi que a torre também estava sendo apagada, de baixo pra cima, a torre ia desaparecendo, um pedaço depois do outro, já ia chegando no topo, logo seria a minha vez de desaparecer, e nessa hora acordei!"

"Calma, foi só um sonho."

"Você não entende."

"O que é que eu não entendo?"
"Não foi só um sonho. Nunca é só um sonho. Não comigo."

⁊

Não se preocupe, uma simples neblina não vai nos impedir de ver o navio. Isso acontece às vezes, em certas épocas do ano a temperatura cai à noite, ou de madrugada, e de algum lugar surge essa neblina que vemos pela janela, encobrindo tudo em volta.

Viu?, está sumindo, dissipando-se aos poucos no vento, e já se pode enxergar daqui a velha embarcação. Velha mas bem conservada, mantida com zelo pelos mesmos homens que se propuseram a concretizar o desejo de seu construtor. É de fato uma obra admirável, embora de pouco uso, afinal de que serve ter em terra, sobre o terraço à beira-mar, a réplica de uma antiga caravela?

Foi Pepe o autor do projeto. Eu não sabia de seus planos quando veio me pedir alguns livros emprestados. Levou uma coleção incompleta sobre navios antigos e de algum modo aqueles volumes caindo aos pedaços podem ter servido de orientação, embora eu duvide que tenha se guiado apenas pelos livros. Conhecia bem o assunto, e com a ajuda de um grupo de voluntários levou pacientemente a cabo, ano após ano, a tarefa de construir a réplica.

A ideia lhe ocorreu certa tarde, nesta mesma biblioteca. Movido pela leitura de livros que ninguém consultava, pensou: em algum lugar, num passado remoto, quando a ilha ainda não era uma ilha mas parte do continente, alguém fez um grande barco movido pelo vento e por remos, de madeira, pano e ferro, ágil nos seus vinte ou trinta metros de comprimento, desafiando as distâncias. E se ele mesmo, Pepe, nesse mundo isolado de tudo e todos, criasse uma réplica daquele barco?

Não pretendia que seu navio navegasse, não via nas coisas apenas sua utilidade prática. Se a maioria acreditava que um navio foi feito para ser jogado às águas, para ele o desafio era de outra natureza. Seus ajudantes sabiam disso e entenderam o projeto, tanto que ninguém contestou a decisão de instalar a caravela em terra firme, num terreno plano – uma espécie de terraço onde ficava um dos aeroportos da cidade antiga, construído na baía, de frente para o mar.

O fato de ter sido instalado sobre trilhos voltados para as águas, e no mesmo lugar de onde antigamente partiam aeronaves, sugeria a esperança de que um dia o navio fosse deslocado dali e introduzido na baía, abandonando sua condição de estátua, mas a verdade é que não se cogitou isso (ou pelo menos ninguém o disse).

A caravela descansa solitária na madrugada, indiferente aos olhares de alguém que não podemos distinguir muito bem daqui mas cujo perfil começa a se mostrar. Agora sim, podemos vê-la caminhar entre as árvores, olhando para os lados, indo na direção do barco até o ponto onde uma grossa corda pende do convés, chegando até o chão.

Ela sobe, está acostumada a subir e descer através de cordas (ou de lençol e cortinas), e a caravela não é mais alta do que a mangueira do seu quintal. Os mastros são bem altos, constata, já instalada no convés e olhando para os dois postes de madeira, com as velas recolhidas. Que vista se deve ter lá de cima?, pergunta a si mesma, tentando bravamente resistir à tentação de subir de vez por um deles.

A prudência lhe diz que não, melhor explorar o interior, e por isso Catarina caminha pelas longas tábuas de madeira curvadas para dentro, para o meio do convés, funcionando como uma espécie de canal por onde deve escoar a água durante uma tempestade.

Fica imaginando como seria isso, estar numa caravela de verdade, enfrentando tempestades em alto-mar. Um vento mais forte balança seus cabelos, ela vira o rosto e vê a escada de poucos degraus, a escadinha que vai dar na porta da cabine do comandante e pela qual sobe agora.

Diante da cabine, Catarina gira a maçaneta da porta. Não está trancada, percebe com um misto de medo e excitação, abrindo logo em seguida e entrando. É estreita e baixa. A claridade da lua passando pela escotilha ajuda a ver a pequena mesa com cadeira, e sobre a mesa instrumentos que Catarina não sabe nomear (um compasso e um astrolábio).

Ela os conhece vagamente, seu pai uma vez lhe mostrou as figuras num livro, e mostrou também aquele outro, mais ao canto: uma bússola.

Retoma a expedição – não deixa de ser, se me permite, uma expedição, irônica expedição marítima feita em terra. Vasculha a cabine e se dá conta de que não há cama. Onde dorme o comandante? Procura em volta até perceber que a cama está recolhida, colada numa outra parede, presa por dois ganchos. Solta os ganchos e a cama desce com estrondo até a horizontal.

O barulho a assusta. Permanece estática, respiração presa, esperando algum sinal de que alguém tenha ouvido e esteja subindo para ver o que foi. Não vem ninguém.

Senta-se na cama (não é nem um pouco macia, a sua é bem melhor) e depois a coloca de volta no lugar, recolhida na parede como a vela no mastro. Repara na coincidência, a vela e a cama recolhidas, à espera do dia em que o navio possa ser colocado em movimento, com o vento soprando nas velas, estufadas por horas e horas, até que o dia vire noite e seja a vez de a cama sair de seu repouso, deixando repousar o comandante. Enquanto nada disso acontece, enquanto a vela, a cama, o próprio navio estão recolhidos, a caravela é um barco inexistente, só o que existe é sua sombra, seu lençol de fantasma.

Ela olha pela escotilha o mar lá fora, escuro e brilhante, e se perde em devaneios, a ponto de sentir uma ligeira oscilação no barco, como se estivesse não em terra firme mas sobre as águas, dando início a uma longa jornada pelo oceano desconhecido, desprovida de qualquer bagagem, só com a roupa de seu corpo magro, ereto, os braços largados, olhos fechados.

Não sabemos o que está vendo – a janela nos mostra apenas Catarina diante da escotilha, na cabine do comandante, os olhos cerrados –, quem sabe seja a figura de Bernardo. Se estivesse com ela, não sentiria medo nem teria tantas dúvidas, Bernardo a protegeria dos perigos e lhe daria as respostas, e depois sairiam naquela caravela numa viagem para longe, bem longe, em busca do continente, o belo lugar inexistente que agora existe, no mapa e no meio do mar.

Pode ser que seja isso o que ela pensa, não sabemos, mas podemos ver claramente que algo interrompe sua viagem. Veja como Catarina desperta do quer que esteja sonhando, assustada, virando o corpo na direção da porta que se abre de repente.

∽

"O que você está fazendo aqui?"

Catarina ainda está assustada mas aos poucos vai se lembrando daquele homem que ela não vê há anos, o amigo do seu pai – ela o chamava de Gigante. Era pequena ainda, a memória traz de volta o rosto do homem que visitava sua casa. Passavam horas na varanda, ele e o pai, conversando, e ela se lembra de um dia ter perguntado por que falavam tanto sobre estrelas, rotas, navios, a impressão que tinha era a de que estavam sempre planejando uma longa viagem.

Ela se lembra: o homem de mãos enormes, que ela acreditava ser um bom contador de histórias, sem saber por que achava isso. O contador das histórias que ela nunca ouviu está ali, chegando mais perto, caminhando na sua direção e fazendo um gesto com a mão aberta. Parece dizer não tenha medo, não vou machucá-la. Ela dá um passo atrás.

"Você é a Catarina, não é?"

"Sou."

"Você cresceu."

Tem vontade de dizer que ele não, não cresceu, nem podia, já era imenso. Ela ri e ele também, sem motivo, apenas porque a vê sorrindo.

"A garrafa. O Andador entregou a garrafa pra você, não entregou?"

Catarina faz que sim.

"Você viu o mapa. E veio até aqui pra ver se a caravela pode mesmo navegar."

"Também. Eu sempre quis conhecer a caravela por dentro mas minha mãe nunca deixou. Ela diz que vou acabar ficando igual ao meu pai."

"Ela disse isso?"

"Disse. Mais de uma vez."

"Bom, você já sabe como é a caravela. Vamos descer. Eles podem chegar a qualquer momento."

"Eles quem?"

"Vem comigo."

Ela hesita, não sabe até que ponto pode confiar nele. Acaba segurando sua mão (é macia, sente, um pouco surpresa) e o acompanha de volta ao convés.

Fica curiosa por saber como o gigante vai descer pela corda com aquele peso todo, sem desconfiar de que não foi por ela que Pepe subiu mas por essa escada pela qual desce e que Catarina não havia visto, a mesma que ele volta a encaixar no lugar de origem, a escada dobrável embutida no casco.

"Quer um conselho? Não volta mais aqui, esquece a caravela."

"Quem são *eles*?"

Pepe se abaixa, faz um carinho no rosto de Catarina e lhe dá as costas.

"Posso ir com você?"

Lá vão os dois pela areia da praia. Catarina não pretende largar Pepe enquanto não souber de quem ele está falando mas prefere não insistir agora.

"Por que você parou de fazer os bonecos? E por que se trancou naquela casa caindo aos pedaços?"

"Está tão ruim assim?"

"Vendo de fora parece horrível."

"Eu descobri uma coisa."

"Que coisa?"

"Não dá pra explicar agora. É meio complicado."

"Se o Andador e Bernardo podem entender, eu também posso. Além disso, Bernardo adora me dar aulas, ele aprende com você e ensina pra mim. Acho que ele quer ser como você um dia."

"O Bernardo vai ser frade."

"Eu sei, mas no fundo ele queria ser um cientista."

"Eu não sou um cientista."

"Mas ele acha que é."

"E o que foi que ele ensinou a você?"

"Várias coisas. Por exemplo, ensinou que o planeta também é uma espécie de ilha. O planeta é um enorme pedaço de terra cercado de nada por todos os lados."

"Não é cercado de nada. É cercado de atmosfera."

"Dá no mesmo. É só um monte de gases insípidos e incolores."

"E o que mais ele ensinou?"

"Tudo. Ou melhor, metade do que ele aprendeu com você, eu acho."

"Certo, outro dia te conto o que foi que descobri, prometo."

"Só me responde uma outra pergunta. Essa não demora nada."

"O que é?"

"Por que você veio ver o navio?"

"Não sei."

"Você vai cuidar dele, não vai?"

"Cuidar?"

"Esse navio foi você que construiu, então você sabe, ele pode viajar mesmo, de verdade?"

Pepe não responde. Ela acha que ele não ouviu e repete a pergunta.

"Vim aqui pra me despedir", ele finalmente diz, a voz baixa.

"De quem?"

"Do navio. Você pode achar bobagem o que vou dizer, mas essa caravela foi a melhor coisa que fiz na vida."

"Eu gostava dos bonecos. Um dia você me fez, lembra?"

Claro que ele se lembra, o jeito como olha para Catarina nos diz que se lembra, sim, de quando fez, a pedido do pai, uma boneca imitando a filha, boneca magricela, de pernas longas e brancas, o nariz um pouco comprido demais, de traços finos.

"Você tinha o quê, cinco, seis anos?"

"Sete."

Pepe senta-se na areia da praia e fica vendo o céu. Catarina sabe que precisa voltar logo para casa mas ainda tem coisas para perguntar e por isso se ajeita ao lado dele.

"É verdade que a lua nasceu da Terra?"

Pepe olha para ela, surpreso.

"Quem te ensinou isso?"

"Bernardo, claro. É verdade ou não?"

"A teoria mais aceita, até onde sei, é a de que no início da formação da Terra, há mais de quatro bilhões de anos, houve um choque violento com um pequeno planeta. Por sorte batemos não de frente mas de lado e o impacto não destruiu tudo. No choque, vários fragmentos da crosta terrestre se soltaram e passaram a girar em torno dela, como se fossem anéis."

"Como os anéis de Saturno."

"É. Com o tempo essa matéria foi se juntando, até formar a lua."

"Igual ao que aconteceu conosco. A ilha seria para o continente o que a lua é para a Terra."

"Mais ou menos. E tem outra coisa que não sei se você sabe: a lua já esteve bem mais perto de nós."

"Isso Bernardo não contou."

"Você deve ter aprendido que as marés são resultado da atração entre a Terra, a lua e o sol. Antigamente a lua ficava tão perto da Terra que as marés eram altíssimas. Era comum o afundamento de pequenas ilhas."

"E pode acontecer de novo?"

"Não, hoje estamos muito longe da lua. E a cada dia nos distanciamos mais."

"A lua continua se afastando da Terra?"

"A uma velocidade pequena, mas continua."

Catarina ainda não sabe direito o que fazer com a informação. E se a lua fosse para tão longe que nunca mais pudesse ser vista?

"Não se preocupe. Tudo no universo está sendo atraído ou repelido de alguma forma, nada está parado. Não é grave essa história da lua. Pelo menos por enquanto."

A fala de Pepe não satisfaz Catarina, poderia perguntar mais sobre o desaparecimento da lua e sobre outros assuntos – há muita coisa que gostaria de saber sobre as estrelas, por exemplo –, mas é tarde e ela precisa fazer a última pergunta antes de voltar para casa.

"Você disse que foi até a caravela se despedir. Pra onde você vai?"

"Não sou eu que vou, é ele."

"O navio?"

"É. Achei até que eles já estivessem aqui."

"Eles? Afinal, de quem você está falando?"

"Você não foi a única que viu o mapa, foi?"

"Não."

"Pois é, outras pessoas da ilha pensaram o mesmo que você. Os pescadores, principalmente. Só não tiveram coragem de visitar a caravela de madrugada. Pode apostar que de manhã vai ter gente lá."

"Eles não podem fazer isso, a caravela é sua, não vão saber como funciona."

"Vão, sim. Vão querer reforçar o barco e preparar tudo pra viagem."

"E você não vai também?"

"Não, não vou."

"Por quê?"

6

É bem cedo ainda, na janela o sol acaba de nascer, e lá vai novamente o pescador na sua busca. Não chegou a falar com o Andador mas ouviu dizer que outras pessoas sumiram, além do menino.

Acordou decidido a ir até a casa de Pepe. Lembrou-se de ter visto o garoto brincando na praia com um daqueles bonecos de madeira que Pepe costumava fazer antigamente, poderia estar lá, à procura de um novo brinquedo.

Parado nessa esquina, o homem não sabe que direção tomar. Esteve uma vez na casa de Pepe, quando ele ainda aceitava encomendas de trabalho e o pescador precisou de um conserto no barco. Aos poucos vai se lembrando da localização exata do beco, por onde entra agora.

Ainda mora alguém aqui?, pergunta-se, vendo as casas com manchas escuras, tijolos à mostra, falhas nos telhados. O beco termina e ele estanca diante da última casa.

Bate palmas, não aparece ninguém. Olha para a janela do segundo andar, fechada. Nota que a casa termina onde começa um muro baixo, com um portão dando para o quintal. Vai até lá e vê um grande abacateiro, e debaixo da árvore o dono da casa, sentado numa cadeira.

Abre devagar o portão e entra, interrompendo a concentração de Pepe, que faz anotações num caderno.

O pescador se aproxima e espera que o homem dê por sua presença. Pepe o cumprimenta com um leve movimento de cabeça, aguardando o visitante dizer a que veio, embora desconfie ou tenha quase certeza do motivo.

"Ele não está aqui."

O homem se surpreende, não entende como Pepe pode ter adivinhado a razão da visita.

"E onde está?"

"Não sei. Esteve aqui ontem. Queria me mostrar uma coisa."

"Um mapa."

"É, um mapa. Queria que eu lesse pra ele o que estava escrito embaixo, a frase, e também o que significava aquela mensagem."

"E o que você respondeu?"

"Respondi que não dá pra saber ainda. Este mapa é diferente do primeiro, o desenho é parecido mas as coordenadas da ilha são outras."

"A ilha se move."

"Tem razão, deve ser isso."

"E a frase, o que estava escrito?"

"Não me lembro agora, alguma coisa a ver com a Bíblia."

"Você está com o mapa, não está? Não dá pra pegar e ler pra mim? Pode ser importante."

"O menino levou o mapa."

"Levou? Pra onde?"

Repare como Pepe dá de ombros e volta a se concentrar nas suas anotações, dando a entender ao homem que não há mais nada a dizer, naquela casa o pescador não vai encontrar nada, a não ser que pudesse ler os pensamentos de Pepe, a não ser que soubesse que está mentindo.

E se soubesse disso talvez soubesse também que Pepe não roubou o mapa de seu legítimo dono (se há mesmo donos nessa história), ficou com ele porque o menino não voltou para buscá-lo, nem voltará, não porque não queira mas porque já não pode fazer isso.

Se lhe fosse concedido o dom de enxergar a verdade para além das coisas que pode ver à sua volta, para além daquele quintal e do homem sentado à sua frente, se lhe fosse dado o poder de ter acesso ao que não está ali, visível, saberia que outros vão sumir, como ele próprio, nosso bom pescador, que jamais será visto de novo, nem por nós nem por ninguém.

∽

A porta da delegacia não é o lugar mais adequado para essa espécie de assembleia, com o sol do meio-dia caindo inclemente sobre as pessoas. De pé, elas imprensam o delegado contra a parede em busca de respostas.

O dia já se anunciava agitado desde a manhã, quando o delegado ouvira seu assistente informar do rebuliço em que estava a cidade depois da descoberta do mapa e de saber que algumas pessoas falavam em preparar uma expedição ao continente. Até aí nada de mais, não é atribuição sua sair prendendo loucos pela ilha, se fosse o Andador estaria encarcerado há anos, pensa. A ponta de uma grande confusão, no entanto, começou a se tornar visível quando, ao vir para o trabalho, o delegado ouvira de alguém na rua a notícia dos estranhos desaparecimentos.

"Por favor, um de cada vez!", ele grita, e o som estridente de sua voz, em absoluto contraste com a voz macia que estão acostumados a ouvir, causa tamanha surpresa que o grupo obedece e se cala.

(Olhe quem está lá, o hábito marrom embaralhado entre as cores diversas das roupas dos outros, é ele, Bernardo – o que faz ali?)

"Pelo que vocês estão me dizendo, as pessoas desapareceram sem deixar rastro. Como pode uma coisa dessas, nenhum cadáver, nenhuma pista?"

"É isso que queremos saber, delegado", diz uma mulher, logo à frente do grupo.

"O senhor não acha", emenda um senhor, mais atrás, "que os desaparecimentos têm a ver com a garrafa e o mapa?"

"Esse negócio de garrafa, mapa, nada disso dá pra ser levado a sério. Vou dizer uma coisa a vocês: tem algum palhaço querendo brincar com a gente. Aposto que esse mapa é falso. Alguém desenhou um mapa maluco, juntando essas histórias todas de continente e tal, essa baboseira de gente sem mais o que fazer, juntou tudo isso, enfiou numa garrafa, tampou e jogou no mar pra ver o que acontecia."

"Por que ela não pode ter vindo do continente?", pergunta outro homem.

"Porque não existe continente nenhum", responde por sua vez o assistente, entrando na conversa, "não existe, não existiu nem nunca vai existir! Isso foi invenção do Andador!"

Até Bernardo se inquieta ao ouvir as palavras tão definitivas do assistente de delegado. E se o noviço, de natureza tranquila, não esconde sua inquietação com frase tão desproposital, imagine o que se passa na cabeça dos outros. Aliás, nem precisa imaginar, basta ver como se impacientam e começam a falar alto, defendendo o Andador da acusação.

"Posso explicar, não me expressei bem, desculpem. Não quis dizer que foi o Andador quem inventou a história de que a ilha veio do continente, claro que não, mas foi ele quem espalhou isso de que o continente ainda está no mesmo lugar, que não afundou. Conversa de doido!"

"O continente está, sim, no mesmo lugar!", a mulher grita, a dois palmos do rosto do assistente.

"Ah é? E por que ninguém nunca chegou lá? E por que ninguém de lá veio até aqui?"

"Não veio *ainda*. E não fomos lá *ainda*."

"E quando é que vai acontecer esse milagre?"

"Já está acontecendo, seu estúpido!"

O primeiro impulso do delegado é dar voz de prisão à mulher, afinal isso não é forma de tratar seu assistente, mas havemos de convir que não há a menor condição de se prender alguém numa hora dessas. Mais fácil seria, aliás, que a mulher prendesse a ambos, delegado e assistente, tendo a seu dispor todo um exército de pessoas com os nervos à flor da pele.

Felizmente nada disso acontece, os mais sensatos tentam aplacar os ânimos. Em meio ao tumulto Bernardo, franzino, quase sufoca entre os dois brutamontes que o espremem de um lado e de outro.

"Vamos organizar essa bagunça", o delegado grita novamente, "vão todos pra casa. Fiquem aqui apenas os que forem parentes ou pessoas próximas dos desaparecidos. Entenderam? Só esses, mais ninguém. Vou pegar os depoimentos de cada um e vamos investigar. Não tem como sair da ilha, eles estão por aqui. Eu e meu assistente vamos encontrar todo mundo, prometo."

É nesse instante, quando o grupo começa a se dispersar, com a confusão de braços, pernas, ombros, é então que Bernardo levanta os olhos para um ponto fora da confusão. Ergue a cabeça tentando ver melhor, não é alto e há muita gente em volta, ainda assim enxerga lá fora algo que a princípio lhe parece uma miragem: na rua, de pé sobre a calçada, ele avista o rosto de Clara.

Já estava ali antes e ele não havia percebido? Ou chegou agora? Ela não acena, não sorri, apenas olha de volta para Bernardo, sem esboçar nenhum movimento. Ele tenta se desvencilhar – uma senhora pega seu braço e se posta diante do noviço, sabe do paradeiro do menino, o que encontrou a garrafa na praia, sabe onde está mas não quis dizer ao delegado, só pode dizer a ele, Bernardo.

Ele não ouve, ou não entende direito, pede que o procure depois, no convento, livra-se da mulher, os olhos fixos em Clara, que continua esperando. A poucos passos dela, Bernardo tromba com um rapaz, pede desculpas, pergunta se está tudo bem e, quando finalmente sai do meio do tumulto e respira um pouco, pode ver que onde deveria estar Clara, a mesma Clara que ele vira faz um minuto, nesse mesmo lugar o que há é apenas o vazio, um imenso vazio.

∽

O largo espelho d'água que vemos daqui, iluminado pela lua cheia nessa madrugada, é o da Lagoa. E se nos esforçarmos um pouco talvez possamos ver um ou outro barco de pesca, embora sejam mais frequentes durante o dia.

É um dos lugares preferidos do Andador (Ramon prefere o mar), e não apenas pela belíssima visão que se tem de certos pontos à sua margem – como este de onde a vemos agora. Mais do que a paisagem, o que atrai o Andador para a Lagoa é a pequena ilha dentro dela.

Lá no fundo há uma parte mais escura, cujo perfil vemos recortado no cenário. Aquilo é uma ilhota quase à beira da Lagoa. O Andador gosta de nadar ali, de saltar de uma das pedras da margem e nadar até a ilha, um pedaço de terra, mato e pedras, com poucas árvores.

"Como é que eu vou saber onde ela mora, Ramon? Quem é que sabe onde uma fada mora, tenha paciência! E ainda mais fada de cachorro, que eu não sei se existe mesmo, eu disse que existe uma fada de cabelo azul, disse sim, lembro bem, falei pra você que li uma história na biblioteca e na história havia um boneco de madeira e no livro tinha uma fada, mas não sei se ela atende cachorros, meu amigo, isso eu não sei. Tem uma outra história que eu li, essa o Bernardo também leu, foi Pepe quem emprestou o livro, um romance escrito no século XX, a história acontece num mundo em que praticamente não existem animais verdadeiros, foi quase tudo extinto. Os cientistas fabricam animais que são máquinas, réplicas quase perfeitas, só as pessoas muito ricas podem ter animais de verdade, e o personagem dessa história, o personagem lá, o principal, tem um carneiro elétrico, isso mesmo, carneiro elétrico, com lã e tudo, o carneiro anda, pasta, faz bééé, tudo igual a um carneiro de verdade, mas é elétrico. Se a gente vivesse lá, dentro do romance, se eu e você fôssemos personagens, eu seria dono de um cachorro de verdade, já pensou, Ramon?"

O Andador se levanta de repente, dando um susto no vira-lata, que talvez sonhasse acordado com ilhas dentro de ilhas dentro de ilhas ou com ossos dentro de ossos dentro de ossos. Também ele já está de pé e segue ligeiro seu dono, sem desconfiar de que a caminhada vai ser longa, cerca de uma hora e meia pela beira da praia, na direção dos rochedos.

"Era uma vez um mundo caótico e um homem que teve um sonho com uma cidade ideal. Já contei essa parte do romance que achei na caixa, hein? O homem sonhou a cidade e muita gente acreditou no sonho dele, inclusive uns cientistas muito inteligentes, mais até do que Pepe, uns cientistas do continente, no século XXI, eles criaram um laboratório enorme, cheio de máquinas que você não conhece, máquinas poderosas. Eles começaram a fazer umas pesquisas em segredo, entendeu?, ninguém podia saber. Os cientistas faziam pesquisas com animais e também com seres humanos. E um dos cientistas tinha acreditado no sonho daquele outro homem. Os cientistas tinham aprendido a fabricar uma coisa que não existe, quer dizer, existe e não existe, eram tão inteligentes que fabricavam inteligência e até memória! Sério, Ramon, eles criavam inteligência e memória de mentira, uma mentira bem contada, faziam isso no tal laboratório, qual era o nome?, lembra não?, esqueci também."

A janela poderia nos levar por toda a caminhada do Andador e seu cão. Seria um belo passeio, posso lhe garantir que a orla é linda à noite. De dia também, mas se estamos na noite, ou na madrugada quase manhã, seria uma boa oportunidade de percorrê-la sob a luz da lua. A janela, no entanto, tem outros planos e nos leva de uma vez ao final do percurso – um corte no tempo e já estamos lá, vendo o sol nascer.

Alguns pescadores preparam as redes, outros avançam pelo mar com seus barcos. O Andador tira toda a roupa e a dobra cuidadosamente, guardando-a num canto entre as pedras.

Os pescadores não ligam, já estão acostumados a ver naquele estado o homem, pele e osso (a barbicha grisalha terminando em ponta), acompanhado de seu gordo vira-lata que adora o mar, nadando completamente nu quando amanhece o dia (às vezes à noite também). Deixa suas roupas sempre nesse canto e os pescadores não permitem que as crianças a levem embora – uma vez fizeram isso, pobre do Andador, a custo conseguiu recuperá-las.

"Você fica, Ramon, cachorros não sabem mergulhar, eu acho, e vou precisar mergulhar agora, tenho um trabalho a fazer, preciso voltar à gruta do trem pra ler direito uma frase na parede, da outra vez eu era um mergulhador preocupado em subir com o baú, agora sou um com vontade de ler o que está escrito na parede, dá licença? Já sei de tudo, conheço a história do começo ao fim, li naquele romance, o continente, o C-33, Cidade Ideal, campo magnético, sei de tudo mas preciso confirmar uma coisa, um detalhe, a frase escrita na parede da gruta, por isso vou até lá de novo, olha, já estou indo. Não sai daqui, já volto, não deixa aqueles malandrinhos levarem minha roupa, se eles chegarem não vai dormir não, Ramon, late pra eles, não precisa morder, é só latir mesmo, agora eu era um homem sem roupa, pelado, mergulhando no mar."

Lá vai o nadador, fazendo quase o mesmo trajeto que vimos Catarina fazer no começo do nosso relato, também ele cortando as ondas em vigorosas braçadas, deixando por onde passa um rastro n'água, já se aproximando dos rochedos.

Pronto, chegou ao alto das pedras e descansa um pouco. Felizmente o sol ainda está fraco – tem a pele muito branca, se chegássemos mais perto veríamos suas costelas, o corpo magro não esconde os ossos que ele estica ao se espreguiçar, alongando os músculos e tomando fôlego para o mergulho.

Desce então o mergulhador, imerso nas águas claras, os fios verdes das plantas subindo das pedras à frente dele, os cardumes coloridos abrindo passagem para aquele enorme e esquisitíssimo peixe branco, até chegar enfim – dois minutos de mergulho, marquei aqui, ele ainda tem três antes de voltar à tona –, até chegar à entrada da gruta.

Vai direto a um lugar que as pessoas não conhecem (supõe), uma reentrância nas rochas abrindo-se para um estreito corredor que ele julga ter descoberto e batizou de Estreito de Ramon (homenagem que o cão parece não ter compreendido). Numa das paredes há uma parte lisa, revestida com um material cinza que ele desconhece – pudera, não existe na ilha, ou melhor, não foi fabricado aqui, sem dúvida fazia parte do túnel antigo, feito pelos homens do continente. Nessa parte lisa da parede o Andador pode ler as palavras escritas a mão, com tinta vermelha.

Lê rapidamente e sobe de volta, terá passado de cinco minutos?

Deitado, o rosto virado para cima, recupera as energias por alguns minutos e depois cai novamente no mar, nadando até a praia.

No meio das braçadas que o impulsionam tem um medo súbito: e se perder a memória? Se acontecer alguma coisa durante o trajeto, se nadando ele não lembrar mais tudo o que viveu, quem é, qual o seu nome, ou esquecer as palavras que leu na gruta? Começa a gritar loucamente no meio do mar, sem parar de nadar está gritando, vai repetindo para não esquecer as palavras que leu na parede da gruta do antigo trem, escritas na parede do Estreito de Ramon em letras vermelhas: ABAIXO O PROJETO GÊNESIS!

Não, ele não vai esquecer. E nós também não.

7

Livre do tumulto, Bernardo para na calçada. Diante dele, onde estava Clara, só se vê a parede branca de uma casa qualquer.

Nos últimos dias as coisas parecem estar mudando sempre de lugar, o noviço já vivia normalmente entre vigília e sono, ou sonho, mas ultimamente os dois lados têm se embaralhado demais, e depressa demais, daí que pode ter tido a impressão de que era Clara – a essa hora ela estaria em casa, dormindo talvez.

Mas quem seria aquela que ele vê carregando uma sombrinha azul com pequenas flores desenhadas, a protegê-la do sol? Bernardo corre até ela (não agiria dessa maneira há poucos dias) e chama seu nome.

Ela interrompe a caminhada mas não se volta para trás, aguardando a chegada do noviço, cansado pela corrida, os braços apoiados nas coxas, corpo curvado para a frente.

"O que houve?", ele pergunta.

"Nada."

"Você estava na porta da delegacia, olhou pra mim e quando saí não estava mais lá. Quase me mata de susto!"

Clara gira levemente a sombrinha, olhando para um ponto qualquer, sem firmar os olhos em Bernardo.

"Você achou que eu tinha sumido, como os outros."

"E não era pra achar?"

"Talvez ainda não seja a minha hora."

Bernardo apoia as costas no muro e olha para o rosto de Clara, ainda de perfil, as sobrancelhas um pouco franzidas pelo excesso de luz. Não a tinha visto desse ângulo e não vai ver mais porque ela agora se volta para ele, um resto de sorriso nos lábios.

"Não brinca com isso, Clara. Não viu como estava a delegacia?"

"Vi. Deve ser triste mesmo sumir da noite pro dia. Espero que não aconteça com...", ela interrompe a frase.

"O que é? Pode falar."

"Espero que não aconteça com você. Estou gostando de ter um amigo que vai virar frade. Frade, ouviu? Já aprendi."

Não pudemos ver a reação de Bernardo ao escutar as palavras de Clara, seu rosto acabou tapado pelas pessoas passando na rua. Estavam todas naquele grupo de há pouco, o mesmo que cobrava aos brados uma atitude do delegado e seu assistente. Devem estar os dois derretendo no calor da delegacia, anotando depoimentos que jamais vão usar, folhas e folhas preenchidas com palavras que vão sumir um dia (quando?), junto com todo o resto.

Olham para Clara e Bernardo, que nem percebem. Se prestassem atenção, veriam que alguns desses olhares não escondem o medo – não é para menos depois do que vem acontecendo.

"Por que você fugiu daquele jeito?"

"Não fugi. Estava procurando você."

"E por que não foi ao convento?"

"Porque não. Ia pro cais, achei que você poderia estar lá, como da outra vez, no caminho vi a confusão na frente da delegacia e você no meio."

"E por que não me esperou? Você viu que estava indo na sua direção."

"Não sei, me arrependi, achei que não devia ter te procurado."

"Mas o que você queria me dizer?"

"Vamos sentar um pouco."

A rua está vazia, quem tinha de ir para casa já foi, na delegacia ficaram apenas o delegado, seu assistente e um ou outro parente ou amigo dos desaparecidos. Bernardo e Clara atravessam para o outro lado, até o meio da praça.

"Gosto muito daqui."

Ele olha em volta. Não há nada de especial, é apenas uma pracinha esquecida num lugar qualquer da ilha, com um oiti fazendo sombra para o banco de madeira envelhecida que recebe Clara e Bernardo.

"Achei outra garrafa", ela diz.

"O quê?"

"Outra garrafa, igual àquela."

"Achou onde?"

"No mesmo lugar, ontem à tarde. Estava no cais e vi a garrafa, só que dessa vez resolvi pegar."

"Tem certeza de que era igual à outra? Tinha alguma coisa dentro?"

"Era igualzinha. E tinha uma coisa dentro dela, sim."

Bernardo arregala os olhos quando vê Clara retirar, de um dos bolsos da blusa, um pedaço de papel dobrado ao meio. Sem dizer nada, entrega o papel a Bernardo, que pode vê-lo de perto (nós também podemos, se você quiser me acompanhar até a parte de trás do banco – quase dá para sentir daqui o frescor da sombra da árvore).

Clara se aproxima um pouco, seu corpo se encosta no dele, sem muita pressão, o bastante apenas para que ele possa sentir o calor do braço dela no seu. Se estivesse em condições de refletir, Bernardo acharia um desperdício viver ao mesmo tempo duas sensações tão fortes, a de ter aquele mapa nas mãos e a do leve calor do corpo de Clara.

"É o mesmo? É igual ao outro?"

Bernardo tenta responder e a voz sai embargada. Ele se surpreende com a própria voz, depois se recompõe, tentando fazer de conta que não liga para o fato de Clara ter a cabeça ainda mais próxima da sua, quase deitada no seu ombro. Fez isso para ver melhor o mapa mas não podemos comentar nada, mesmo estando atrás e tão perto dele como estamos – bastaria sussurrar no seu ouvido: calma, rapaz, ela só deseja ver o mapa com você.

"A frase é outra. Consegue ler, aqui embaixo?"
"Deus disse: faça-se a luz! E a luz foi feita."
"A terceira frase do Gênesis, como no seu sonho. A do mapa que eu encontrei era a primeira."
"E por que não tem uma segunda?"
"Pelo que ouvi na delegacia, a segunda está no mapa que o menino achou, o menino desaparecido."
"E o mapa, o desenho, é o mesmo?"
"Dizem que sim. Eu teria que comparar pra ter certeza."
"Mas cadê o outro se o garoto desapareceu?"
"Ele pode ter deixado com alguém."

Clara se levanta e caminha um pouco até a frente, no limite da sombra do oiti. Fica de braços cruzados, com Bernardo a olhar para ela, esperando que volte.

Ela de fato volta mas para a parte de trás do banco, apoiando as mãos no encosto, tão perto de nós que talvez seja melhor sairmos de onde estamos e voltarmos para a biblioteca.

"O que você acha que aconteceu com essas pessoas? Você acha que elas tentaram viajar pro continente?"
"Não, alguém teria visto. E seria loucura fazer uma viagem dessas num barco de pescador."
"E se não foi de pescador? Alguém pode ter feito um barco maior. Pode ter trabalhado nele por anos e anos, sem ninguém saber, e quando apareceu a oportunidade subiu com outras pessoas e foram embora de madrugada."
"Não há muitos lugares pra se esconder na ilha. E muito menos pra fazer um barco durante anos sem ninguém saber."
"Então pra onde foi todo mundo?"

Ele olha para longe, calado.

"Tive outro sonho", Clara diz de repente.

Bernardo se volta para ela, atento.

"Sonhei que estava voando sobre o mar. E lá de cima eu avistava uma ilha."

"A nossa?"

"Não. Era maior e vista de cima tinha a forma de lua crescente. Dentro da ilha havia várias cidades, todas iguais, separadas por montanhas e rios. Eu aterrissava e um velho me esperava na beira da praia. Eu sentava ao lado dele e o velho conversava comigo como se a gente se conhecesse há séculos."

"Mas era a primeira vez que você o via."

"Era, a primeira vez. Ele me contava coisas sobre a ilha e eu ia anotando tudo na areia, com um graveto. Ele me contou que cada cidade da ilha precisava ter sempre mais ou menos o mesmo número de habitantes. Se um casal, por exemplo, tinha cinco filhos e um casal de outra cidade não tinha nenhum, o primeiro mandava duas crianças pro outro. As comidas, roupas, água eram divididas em porções iguais entre todos os moradores. Todo mundo trabalhava e todo mundo se divertia. Não havia guerras nem grandes conflitos porque cada pessoa tinha o necessário pra viver bem."

"Acho que conheço a ilha do seu sonho."

"O velho dizia que na ilha os loucos eram tratados com respeito e carinho. Disse também que lá as pessoas estudavam filosofia, matemática e conheciam as plantas, os animais, o corpo humano e principalmente sabiam muito sobre o movimento dos astros. Ele me perguntou se na minha ilha a gente sabia que a lua está se afastando cada vez mais da Terra e logo logo vai sumir de vista. Eu disse que não, pelo menos *eu* não sabia. Ele riu. Eu ia perguntar uma coisa mas ele se levantou e disse que era melhor eu voltar logo pra casa. Me deu um livro, depois desapareceu no ar e aí a ilha toda desapareceu também e eu fiquei em cima de uma pedra, no meio do oceano. Comecei a gritar porque a pedra estava afundando, afundando, gritei até acordar."

"Qual era o livro?"

"Não sei, não aparecia o título no sonho, só a capa sem nada escrito."

"*Utopia*, era esse o livro que o velho te deu."

"Por que você acha isso?"

"É só um palpite."

"E você é bom de palpite?"

Bernardo sente o perfume de Clara. Deveria falar tudo de uma vez e no entanto não ousa dizer nada (não podemos exigir muito dele, você há de compreender).

Assim os vemos agora, ele sentado, ela de pé, os dois olhando para a rua à frente deles, o calor provocando a impressão de que uma pequena camada de fumaça, finíssima, transparente, exala das pedras que cobrem a rua.

Bernardo tem vontade de explicar que não há nenhum mistério naquela miragem, como muita gente acredita, é apenas um efeito ótico resultante do maior aquecimento das camadas de ar perto do chão do que das outras, mais afastadas, um efeito de refração, ele pensa em dizer mas não diz.

A parte de cima das pedras tremula, uma bela imagem que os pega de surpresa e atrai seus olhares, sem palavra nenhuma a acompanhá-los, um brevíssimo intervalo em que estão juntos os dois e também separados, vendo cada qual do seu jeito a mesma miragem sobre as pedras da rua num dia de calor.

∽

Eu não saberia dizer o que é necessário para que um navio possa ser considerado pronto para uma longa viagem por mares desconhecidos. Não sei coisa alguma da matéria, a não ser pela leitura dos romances à minha volta, narrando histórias de piratas e batalhas em alto-mar, aumentando o já imenso rol das fantasias deste que lhe escreve agora, tentando dar conta de uma narrativa nada fácil, dadas as circunstâncias – as já relatadas e as que estão por vir.

    Poderia conversar com você sobre temas variados (como seria conversar com alguém do futuro?, imagino às vezes, enquanto lhe escrevo). Sobre outros preferiria calar, se não se importa, ou passar a palavra a pessoas mais competentes, habilitadas a dar cabo da tarefa, como aqueles homens que vemos pela janela, no convés do navio.

    É de manhã, o sol forte. Eles não se cansam, trazem as camisas encharcadas de suor, alguns tentam conter o calor com chapéus de palha, outros nem isso, trabalham a descoberto, lixando madeira, martelando, tomando medidas. Aqueles dois, na mesa da cabine do comandante – podemos vê-los difusamente pela escotilha –, conversam e rabiscam num papel sobre a mesa, provavelmente fazendo cálculos e traçando planos de navegação.

    Embaixo, outros homens revestem o casco do navio com um líquido escuro. O que será? Vão pintando o casco com isso que talvez seja algum material isolante, é provável que estejam impermeabilizando o casco, outros retiram as velas dos mastros e as carregam para o solo, precisam de reparos depois de tantos anos expostas ao vento e à chuva.

    A mulher e a menina sentadas nas cadeiras em frente ao pequeno armazém entregue às moscas (a dona cochila encostada ao balcão, lá dentro), essas duas jovens, vendo o movimento dos homens dentro e em torno da caravela, são nossas conhecidas.

    Estão caladas mas conversavam ainda há pouco. Não se conheciam antes, a não ser de vista. A mais velha já estava sentada quando a outra chegou e puxou um assunto qualquer, relacionado ao trabalho dos homens. Trocaram poucas palavras e agora apenas observam.

Alguns dos homens olham acintosamente para Clara. É mesmo muito bonita, já está acostumada a esse tipo de olhares e nem liga. Catarina, sim, incomoda-se com o assédio sem palavras, mesmo não sendo para ela. Não estivesse tão curiosa, já teria saído dali e voltado para casa, é quase hora do almoço e prometeu à mãe que não demoraria, era só uma volta rápida pelo terraço da caravela, ouvira dizer que havia movimento por lá.

"Mas quem é que decide?", Clara pergunta.

"Não sei."

"Se fosse você, quem escolheria pra levar no navio?"

Catarina não havia pensado nisso, não cabe todo mundo, é preciso escolher. Ela tenta raciocinar com precisão, buscando critérios justos, sem se deixar levar pelos próprios desejos, ou um único desejo: o de estar entre os que vão na caravela.

"Primeiro arranjava um comandante. E aí o comandante escolhia quem vai e quem não vai."

"E se fosse você a comandante? Quem levaria?"

"Não sei, acho que uns homens muito fortes, que pudessem remar quando faltasse vento. E precisaria de uns bons cozinheiros também. E o mais importante: levaria um marinheiro bem magro e corajoso, que pudesse subir até o alto do mastro pra gritar terra à vista!"

Clara sorri. Os cabelos caem um pouco sobre o rosto – venta forte agora, repare como a rosa vermelha balança sobre seu colo, uma ou duas pétalas querendo voar.

"Você acha que alguém vai gritar isso, terra à vista?"

"Espero que sim."

"Poderia ser você essa pessoa."

"Não, eu não posso ir."

"Por quê?"

"Minha mãe não vai deixar."

"Você pode pedir pro seu pai."

"Meu pai morreu."

Se não tivesse morrido, não apenas deixaria como a levaria com ele. Era louco pelo mar o pai. Quando pequena Catarina ouviu uma vez uma conversa dele com a mãe, nunca se esqueceu disso, da mãe brigando com ele, não era de falar alto e nesse dia estava aos berros, dizia que o pai devia parar de gastar seu tempo com besteira, tinha uma família, acabasse de uma vez por todas com essa história de fazer um barco e sair por aí atrás de um continente fantasma.

Catarina percebe a ironia: o pai, se estivesse vivo, não precisaria fazer barco nenhum, já estava feito, era só juntar suas coisas e partir, mesmo contra a vontade da mãe, mesmo se arriscando a não voltar nunca – antes havia o pai e não havia o barco, agora o barco está ali, quase pronto, mas o pai já não há.

"Aquele lá, você levaria se fosse a comandante?", Clara pergunta, apontando para o homem sentado a alguns metros dela, num ponto mais alto da ladeira, mirando com olhar distante o trabalho na caravela.

"O Andador? Esse não precisava levar, iria de qualquer jeito", responde Catarina no momento em que o Andador, talvez pressentindo que falam dele, olha na direção das duas.

Ficam assim os três, a mulher e a menina olhando para o homem que conhecem bem, Catarina mais do que Clara, são amigos, como vimos. O Andador tapa o sol com uma das mãos, querendo enxergá-las melhor, identifica ambas mas não sorri, não as cumprimenta, ninguém cumprimenta ninguém na cena que vemos, apenas se olham.

"E se o comandante fosse um franciscano?", Clara pergunta.
"Eu tenho um amigo franciscano. É um noviço ainda."
"Que coincidência, eu também conheço um noviço."
"Só pode ser o mesmo, Bernardo."
"É."
"Gosto muito dele."
"Eu também. Muito."

Catarina flagra uma ponta de cinismo na frase de Clara. Quer saber como os dois se conheceram, já vai fazer a pergunta quando a outra fala primeiro:

"Se Bernardo fosse o comandante, quem você acha que ele escolheria pra levar?"

"Vários animais, um casal de cada espécie."

"Sério?"

"Sério, como na arca. Você sabe, a arca de Noé."

"Mas na arca também foi gente, não foi?"

"Noé levou a família junto com ele."

"Você acha que Bernardo levaria você?"

"Talvez. E você, acha que ele te escolheria também?"

Clara não se apressa a responder, talvez nem responda. Desde que soube do mapa e que estavam preparando a caravela, desde então e sobretudo nessa manhã, sentada à sombra com Catarina, vendo os homens trabalhando, Clara tem apenas uma certeza – finalmente algo em que ela de fato acredita –, uma certeza que acaba se transformando em palavras, sob o olhar fascinado de Catarina, que também gostaria de poder dizer o mesmo que ouve agora:

"Eu vou. Eu vou nesse navio."

✑

São quase cinco da tarde e às seis é a hora das vésperas, nossa oração do final do dia. Dormimos cedo, daí não recebermos visitas depois das vésperas, a não ser em casos extremos. Catarina sabe disso e caminha apressada na direção do convento.

O meu seria um caso extremo?, ela se pergunta. Certamente, responde, falando em voz alta sem se dar conta (o que diria se pudesse ver a si mesma como a vemos agora, logo ela que acha graça quando vê o Andador falando sozinho e gesticulando pelas ruas?). Se alguém corre perigo, se a pessoa que enviou a mensagem pede socorro e se Bernardo de algum modo pode me ajudar a entender o que está acontecendo, é claro que é urgente, caso extremo, extremíssimo!

A palavra é dita e logo remete Catarina a outra coisa: extrema-unção. Unção, aquilo que unge. Ela se lembra do que sua mãe lhe disse uma vez: ungir significa também purificar. O que se unge se purifica, por isso o padre dá a extrema-unção aos que estão morrendo, para que a alma viaje pura até o outro lado.

Nos últimos dias tem mentido muito para a mãe, nadou onde não podia, saiu de casa de madrugada para entrar escondida na caravela e está indo procurar Bernardo para falar sobre a garrafa e o mapa, mesmo depois de a mãe ter dito a ela para não se meter nisso.

Se fosse para se purificar, teria que tomar uma unção extrema (não uma extrema-unção, ainda tinha muito para viver), um verdadeiro banho de óleo bento. Seria perfeito se o mar funcionasse como o óleo das unções, bastariam alguns minutos dentro d'água e pronto!, sairia purificada, sem mancha alguma.

Vai emendando um delírio no outro, rio que corre sem que se saiba exatamente qual é o curso, onde virá uma curva e para que lado, descendo por conta própria e cada vez mais rápido, talvez fique estreito ou, ao contrário, se abra tanto que não se possam ver as margens, quem há de saber? O que Catarina sabe é que precisa erguer uma barragem, afinal o convento já está logo em frente (podemos ver daqui o arco de entrada).

Cumprimenta o velho frade, que lhe indica onde está Bernardo. Atravessa o largo, vai pela lateral da igreja, sobe a escadaria que vai dar na torre, abre a porta da biblioteca (esta) e encontra seu amigo sentado à mesa, com um pouco de luz entrando pela janela – a mesma que nos tem mostrado tantas imagens – e iluminando o livro que ele folheia, atento.

"Querendo ficar mais perto de Deus?", ela pergunta, enquanto o abraça.

"Eu gosto daqui."

"Eu também", Catarina diz, indo logo para a janela, seu lugar preferido – gosta de ver dali o mar e os rochedos.

"Veio mais alguém com você?"

"Não, claro que não."

"Engraçado, tive a sensação de que havia alguém do lado de fora, espionando a gente."

"Também sinto isso às vezes, como se estivesse sendo vigiada, sei lá."

"Deve ser bobagem", ele diz, aproximando-se dela.

"Você acha que dá pra chegar ao outro lado, no continente?"

Se tivesse a resposta à pergunta de Catarina, Bernardo não passaria tanto tempo onde o vimos no início da história, imaginando terras desconhecidas.

"Não dá pra ter certeza."

"Mas e o mapa, você viu o mapa, não viu?"

"O mapa é uma pista, só isso."

"E não é muito?"

"Se não for falsa."

"Uma pista falsa?"

Ele se vira de costas para a janela e caminha até a mesa. Ela o acompanha. Sentam-se. Bernardo diz, num sussurro (desnecessário, aliás, quem mais poderia ouvi-los além de nós?):

"Se eu te mostrar uma coisa, promete que não conta pra ninguém?"

"Prometo."

Bernardo pega num canto da mesa um livro de capa dura. Na verdade, um diário. As páginas meio amareladas e as letras pouco nítidas, escritas a mão, e ainda os rodeios que o noviço faz antes de lhe mostrar aquilo, tudo sugere a Catarina que de fato se trata de algo raro e seus olhos acompanham atentos o gesto de Bernardo, passando as primeiras folhas.

"É um diário de um dos franciscanos que reconstruíram a cidade. Fica muito bem guardado, poucas pessoas viram isso, sabia?"

"Bem guardado? Aí em cima da mesa?"
"Não, trancado numa gaveta. Tenho a chave porque sou o assistente do bibliotecário."
"É impressão minha ou senti certa vaidade na sua última frase?"
"Impressão sua."
"Você sabe de tudo o que está aqui dentro? Pode abrir qualquer gaveta, pegar qualquer livro, mesmo os proibidos?"
"Por que você está perguntando isso?"
"Por nada. Pode ou não?"
"Muito esquisita essa pergunta."
Bernardo volta ao diário que tem nas mãos.
"Alguns livros estão disponíveis pra quem quiser ver. Há cadernos de anotações dos antigos franciscanos, contando o que aconteceu: a destruição do planeta, a separação do continente, a reconstrução da cidade. Este aqui não pode ser consultado sem autorização. Não dá pra ler muito bem, em algumas páginas a tinta está com falhas, mas se a gente decifrar o que o frade escreveu e juntar com outros documentos dá pra ter uma noção de como era a cidade antes da tragédia."
"A cidade e o continente."
"Isso."
"Posso ler?"
"Agora não. Você me perguntou sobre a pista falsa e estou tentando te dizer o que é."
"Tudo bem."
"Eu te expliquei uma vez que o planeta é feito de placas rochosas, não é um todo contínuo. Lembra?"
"Lembro. Placas tectônicas."
"Exatamente. O chão que estamos pisando, o fundo dos oceanos, tudo isso é feito de placas com intervalos entre si. As placas estão sempre se movendo, às vezes mais, às vezes menos. Foi do movimento delas que o continente se rompeu. Uma parte do con-

tinente se soltou e virou a ilha. Só que o que sobrou foram ruínas, estava quase tudo destruído."

"E construíram tudo de novo."

"Eu disse *quase*. Sobrou alguma coisa. O frade fala um pouco sobre como foi esse período. E tem um trecho em que ele diz que as pessoas que lerem esse diário, no futuro, devem atentar para os falsos sinais."

"Como na Bíblia? Falsos milagres, falsos profetas?"

"Ele fala de algo específico. Diz que a tentação de sair da ilha será grande, que a procura de respostas para os mistérios pode levar as pessoas a acreditar em coisas que não devem, confundindo realidade com ilusões."

"Entendi. É como as lendas sobre os monstros marinhos, as naves de outros planetas."

"O continente."

"O continente existiu, Bernardo, não era lenda. Você mesmo acaba de dizer."

"Existiu, claro. O que não significa que exista ainda."

"Digamos que não existe mais, que esse mapa seja antigo. Como foi que ele veio parar aqui? De onde vieram as garrafas?"

"Essas garrafas podem estar vagando pelo mar há séculos. Alguém pode ter mandado, sim, uma mensagem, mas isso pode ter sido há muito, muito tempo. Essa pessoa pode estar morta!"

"E você acredita que um mapa pode ficar dentro de uma garrafa durante séculos sem se desmanchar todo?"

"É um modo de dizer, não exatamente séculos. Não sabemos quem o colocou lá dentro. Vai ver a pessoa conhecia alguma técnica de preservação do papel, um jeito de fazer com que ele não se molhasse nem a tinta sumisse. E pode não ter vindo do continente mas da própria ilha, dos primeiros habitantes."

"Você está sugerindo que as garrafas foram lançadas na época da reconstrução?"

"É só uma hipótese. Essas garrafas podem ter partido daqui mesmo! Alguém quis fazer contato com outras pessoas e desenhou a ilha e o continente, pra dizer onde estava e que a ilha estava sendo reconstruída conforme Deus quis que o mundo fosse feito, conforme o Gênesis. Daí as frases na parte de baixo dos mapas."

"Você é bem maluco, Bernardo. Está querendo me convencer de que essas garrafas foram enviadas pelos primeiros moradores da ilha? Pelos antigos franciscanos talvez?"

"Por que não? Eles queriam se comunicar, como nós queremos. Essa foi a forma que encontraram de tentar fazer contato. Só que não deu certo, as garrafas rodaram por aí esse tempo todo e alguma corrente marinha as trouxe de volta."

"E como você explica o fato de a garrafa ser feita de um material que não existe na ilha?"

"Simples. A garrafa já existia no continente e ficou por aqui quando a cidade se soltou e virou a ilha. Alguém pegou a garrafa e colocou o mapa dentro. Não tem mistério nenhum nisso, tem?"

"Certo, não deixa de ser uma hipótese possível."

"Só que há outra que contraria tudo o que eu disse."

Catarina não fala nada, apenas olha para Bernardo. Sabe do seu fascínio pelas conjecturas, se não fosse noviço seria cientista e se não fosse cientista seria um desses detetives dos romances que adora ler escondido, quando os frades não estão por perto.

"O diário pode ser falso."

"O que você está dizendo?"

"Esse diário. Pode não ser verdadeiro."

"Quem iria querer falsificar um diário, Bernardo? E por quê?"

"Ainda não sei. É uma hipótese em que ando trabalhando, não está pronta."

"E é claro que você não vai me dizer qual é."

"Está na hora das vésperas, tenho que descer."

"Posso ficar?"

"Não. Você sai primeiro, depois eu guardo o diário e desço com você."

"Não posso nem saber onde você tranca o diário?"

"Claro que não."

"Pois sabe o que eu acho, Bernardo, o que eu acho de verdade?"

"O quê?"

"Que a resposta pra tudo isso está aqui, bem aqui."

"Aqui onde?"

"Na biblioteca."

8

Como se acordasse de um transe, Catarina se dá conta de que está debaixo da chuva. Linhas oblíquas cruzam o cenário e em meio a elas a menina percebe que tem os pés dentro de uma grande poça d'água, os cabelos molhados, o vestido grudado no corpo.

Passou a noite em claro, as palavras de Bernardo indo e vindo na sua cabeça e se misturando a outras, as conjecturas multiplicadas a cada minuto – lembra-se do que ouviu na rua, os homens conversando sobre a possibilidade de o mapa ser apenas mais uma loucura do Andador, que teria desenhado aquilo da cabeça dele mesmo, misturando realidade e ficção.

Naquela manhã, mal a mãe saíra de casa ela se levantou também, lavou o rosto, vestiu uma roupa qualquer e saiu, com um destino definido e ao mesmo tempo andando meio sonâmbula, sem notar o céu carregado.

Agora está ali, no meio da lama, despertando em pleno dia e olhando para os lados. A poucos metros vê a ponte sobre o rio onde gostava de nadar quando criança. Os tempos se confundem (não bastasse toda a confusão que vem carregando desde o dia anterior), tem a sensação de estar num ponto qualquer entre passado e presente. Preferia estar não neste dia, sob a chuva, e sim em outro mais antigo, ensolarado, ela ainda bem pequena, nadando nas águas claras do rio.

Corre apressada para debaixo da ponte. Com a chuva veio o frio (repare como treme), precisa chegar o quanto antes. O nível do rio já subiu bastante e a correnteza arrasta com força grandes galhos de árvores, assustando Catarina, que não tem boas lembranças de tempestades (nenhum de nós tem).

Ela se agacha, encolhendo-se ainda mais. Pensa em Bernardo. Deve estar à janela da biblioteca vendo a chuva, e a distância pode estar pensando nela. Isso funcionaria como um abraço, o que de certa forma a consola ou pelo menos a faz esquecer um pouco a umidade que vai subindo por seus ossos.

A mesma umidade que percorre também o corpo do Andador mas ele não liga. Caminha pela rua indiferente à chuva que começa a inundar as calçadas. Catarina o vê e grita seu nome, acena para ele, o barulho das águas o impede de escutar qualquer coisa e ele continua, sem ouvir os apelos da amiga.

Para onde vai?, você talvez pergunte, e se tem acompanhado a história até aqui sabe que essa não é uma indagação de fácil resposta em se tratando desse homem, veleiro urbano, a água batendo em suas canelas. Pode ser que caminhe a esmo, aproveitando o temporal para lavar as roupas – de tão velhas, em vez de lavadas podem terminar desmanchadas daqui a pouco –, ou pode ser que tivesse um itinerário previamente calculado e dele já nem se lembre mais.

Ramon vai sob um dos braços do Andador, na caixa de madeira que à noite lhe serve de cama.

Proponho seguirmos com eles (estamos seguros, eu na minha torre e você onde quer que esteja). Sigamos com Ramon e seu dono por essa viela estreita em que passam pessoas assustadas, correndo ou se escondendo como podem sob as beiradas de telhados das casas velhas.

Entram numa rua mais larga, que vai dar no terraço em frente ao mar, onde se vê o navio que não navega, erguendo-se imponente como se fosse um general depois da batalha, com a diferença de não ter havido batalha alguma.

Pouco importa ao Andador se o navio está imóvel, como sempre esteve desde que foi instalado aí. O homem olha fixamente para a caravela, com a base do casco inteiramente coberta pelas águas. Então era este o seu propósito, caminhar até o terraço para ficar ali, de pé, vendo o navio navegar.

Sim, porque as águas cobrindo parte do casco dão a impressão de que o barco não está em terra mas em alto-mar. É isso o que se passa na sua cabeça, essa mágica que só ele presencia, a de uma caravela imóvel que viaja no vento, a grande invenção de seu mestre funcionando agora de forma plena e não pela metade.

É em Pepe que o Andador pensa, no homem que muitos têm como desajustado – o mesmo acham de mim, diz em voz alta, deixando escapar um sorriso de cumplicidade. Foi seu amigo quem um dia construiu aquele barco e eis que agora o colocam em movimento, as águas da chuva o colocam em movimento, restituindo-lhe o que sempre fora seu, a natureza de navegar.

Se tivesse acesso à janela, o Andador saberia que no momento em que pensa em Pepe o mestre está entregue a outros desafios, sem sequer lembrar que um dia ousou construir a réplica de caravela, a mesma que num dia chuvoso ganharia os oceanos, ainda que fosse apenas no mundo paralelo para o qual o Andador costuma embarcar com frequência.

Note como Pepe se posiciona diante de dois mapas colados na parede do escritório (se assim podemos chamar esse imenso salão que faz também as vezes de laboratório, sala de jantar, observatório – a luneta agora está ali, no parapeito da janela). Ei-lo de pé, uma das mãos na cintura, a outra no queixo, um capitão de navio indeciso entre duas rotas possíveis.

Os mapas parecem idênticos – não têm ambos as mesmas dimensões, os mesmos desenhos e números? No entanto, há uma diferença, acho que já lhe disse que não são iguais, não disse?

E não está apenas nas frases, a primeira e a segunda do Gênesis, há outra coisa também: no primeiro mapa a ilha está a certa distância do continente. No segundo a distância entre eles é menor. O continente permanece no mesmo lugar nos dois mapas mas a ilha não, a ilha se moveu.

É isso o que Pepe está analisando agora, diante dos mapas. É a diferença, o movimento da ilha, mudando de posição como se estivesse se aproximando, navegando na direção do continente, ou sendo atraída por ele, a puxá-la como ímã.

Pepe deposita a lupa sobre a mesa. Logo depois se volta novamente para os mapas. Seus olhos quase não têm brilho, estão abertos mas é como se não vissem nada, vazios, mortos.

Talvez esteja apenas cansado. Algumas horas de sono lhe fariam bem. E se pretendia mesmo tirar um cochilo deve ter se irritado com o barulho de alguém batendo à porta num conhecido código: três batidas, pausa, mais três, pausa, outras três.

Só o Andador para estar na rua com essa chuva. A ocasião não poderia ser pior para uma visita, Pepe não quer ver ninguém e por isso não dá ouvidos às batidas, que se repetem.

A insistência o incomoda. Sabe que o Andador não está à procura de abrigo, antes procuraria o convento ou outro lugar qualquer, se bate à sua porta é porque busca uma conversa (ainda que silenciosa, como a da garrafa deixada ao pé da porta e recolhida depois). As batidas persistem e o dono da casa resolve acabar logo com aquilo para poder voltar ao trabalho.

Pepe não sabe, porém, que não será tão simples retornar ao que fazia, reatando o fio interrompido logo depois do exame minucioso dos mapas. E isso porque, ao abrir a porta, pode ver que quem bate não é o Andador mas alguém a quem repassou o código, uma moça molhada dos pés à cabeça, tiritando de frio, e que sem dizer nada olha para ele com olhos bem abertos.

Quando pequena, Catarina adorava usar uma camisa do pai. Ele e a mãe ainda à mesa, Catarina saía dizendo que precisava pegar uma coisa no quarto (os pais já conheciam a brincadeira e fingiam desinteresse). Voltava com o corpo sobrando dentro da camisa enorme e o sincero (fingido) espanto do pai e da mãe – a mãe sempre disfarçava um pouco menos.

Depois que o pai morreu, afogado, Catarina ainda fez isso algumas vezes, quando ninguém estava vendo. Escondera no seu quarto a camisa branca que ele adorava, de manga comprida, e quando estava sozinha desfilava pela casa imitando seus passos, seus gestos, sentava-se no seu lugar à mesa, encostava-se na janela – precisava subir num banquinho – para ver a cidade lá fora, exatamente como ele gostava de fazer, os cotovelos apoiados no parapeito.

Um dia pegou a camisa, escreveu um monte de coisas nela e nadou até os rochedos. Subiu, enrolou a camisa numa pedra, amarrando bem as pontas (não fosse voltar à superfície!), e a jogou no mar, o mesmo que um dia levara seu pai.

É a lembrança do pai que ocorre a Catarina quando se olha no espelho do quarto de Pepe, depois do banho, perdida dentro daquela camisa enorme. Ela tentou como pôde dar um jeito naquilo, dobrando as mangas e amarrando na cintura um cordão que encontrou largado no quarto e lhe serviu de cinto (dobrando a parte de cima evitava que a camisa se arrastasse no chão).

Pepe a levara até o quarto, preparando o banho e deixando-a a sós, para logo depois estender no varal as roupas molhadas. Felizmente cessara a tormenta e um sol forte tomara seu lugar, numa troca de postos bastante comum nos verões da ilha.

Catarina desce as escadas e do alto avista Pepe na cozinha, ou no que seria a cozinha, terminando de preparar o chá de hortelã que ele serve numa caneca, ainda de costas para sua inesperada visita, agora já na parte de baixo da casa, no meio da sala, sem saber direito como agir.

Ele se vira e sorri. Não está sorrindo dela, da sua divertida figura, para ele não há nada de errado na vestimenta da moça, seu senso estético não é como o das pessoas comuns, basta ver como calça chinelos de pés trocados e meias diferentes, uma de cada cor. Pergunta se está tudo bem e lhe diz para tomar logo o chá antes que esfrie.

Senta-se de frente para ela e é este o quadro que vemos: de um lado a menina vestida como um estranho monge (o cordão amarrado à cintura dá à camisa uma feição de hábito), diante dela um homem grande, cabelos em desalinho, os dois envolvidos pela pequena névoa que sobe da xícara de chá.

Se ficassem paralisados nessa posição, seria um modo de nos lembrarmos deles, de suas vidas interrompidas, eternizadas no retrato que estamos vendo, mas é preciso passar à cena seguinte e às outras, antes que a janela se feche de vez e ninguém no futuro venha a saber o que de fato houve por aqui (pecado dos pecados: não deixar rastros).

Portanto, sigamos caminho, vendo Catarina beber mais um gole enquanto move os olhos pelo salão, querendo com inveja que seu quarto fosse daquele jeito, com tantas maravilhas espalhadas.

Se pudesse, levaria para casa metade dos objetos que vai rastreando em silêncio. Levaria as pequenas pirâmides de madeira, de variados tamanhos, colocadas de qualquer jeito sobre um caixote, e para não perder a viagem levaria também os livros empilhados ao lado delas, grossos volumes que talvez guardem as histórias que ela sempre quis ler sem saber onde estavam. E se ainda tivesse como carregar mais preciosidades não deixaria de colocar no seu quarto aqueles cubos de vidro, nem os tubos de ensaio no canto da parede e os grossos tapetes enrolados feito rocambole, bem ao lado, meu Deus!, bem ao lado de uma luneta!

"É de verdade?", ela pergunta, já de pé, caminhando até o canto da sala.

"Claro, por que não seria?"

"Eu nunca vi uma antes, só em figura de livro."

"Essa é especial, bem mais leve e potente do que as que você viu nos livros. Foi o Andador que deixou aqui."

"Onde ele achou?"

"Perto dos rochedos."

"Na gruta?"

"Você conhece a gruta? Aposto que sua mãe não sabe disso."

"Bernardo me levou. Ele vai ser frade, então não é pecado."

Pepe toma mais um pouco de chá, disfarçando o riso.

"Se o Andador achou a luneta na gruta, ela devia estar toda enferrujada."

"Estava num estojo, dentro de um baú."

"Baú? Posso ver?"

"Uma coisa de cada vez, querida. Não quer experimentar a luneta?"

Pepe se levanta, pega a luneta, ajusta o foco e pede que Catarina olhe pela lente.

E lá vamos nós com ela, primeiro até o cais da ilha, vazio a essa hora e tão próximo que quase o podemos tocar com a mão, ou melhor, não podemos mais porque Catarina gira levemente a luneta e a paisagem é outra, a da caravela. Agora é uma parte do mercado que surge, seguido por um pedaço de calçada. Catarina vira a luneta e se depara com a longa rachadura no muro que não acaba nunca, depois o velho lampião servindo de encosto a dois amigos – ela se diverte vendo os movimentos labiais dos homens, a mímica engraçada –, em seguida a ladeira e ao final dela o céu azul depois da chuva.

Ficaríamos passeando a esmo pela cidade se Catarina, sem saber para onde aponta, não acabasse mirando a torre do convento, exatamente onde estou a lhe escrever estas linhas. A mesma lente nos mostra o campanário, e nele Bernardo. Catarina pode ver de perto seu rosto, e nele descerem duas lágrimas finas, enquanto o noviço olha para algo lá embaixo, provavelmente na rua.

Ela se afasta da luneta, meio tonta, amparada por Pepe, que vai perguntar o que ela viu mas acaba desistindo, a conta dos mistérios já anda alta demais para lhe acrescentar um algarismo, melhor deixar Catarina com seu segredo.

A nós, porém, o segredo não é vedado, pelo menos não este, e assistimos à preocupação de Catarina ao ver Bernardo daquele jeito. O primeiro impulso é sair dali e ir até o convento mas logo depois se acalma, Bernardo é muito sensível a certas coisas e talvez esteja chorando por ter visto na rua, do alto do campanário, um homem doente ou um cachorro ferido. Não deve ser tão grave, pelo menos não a ponto de ela precisar sair agora, pode visitá-lo mais tarde.

"Preciso te mostrar uma coisa", diz Pepe.

Catarina o segue e aí estão os dois, de frente para a parede, onde Pepe prendeu lado a lado os mapas. Ela ainda não tinha visto o outro, apenas ouvira dizer que fora encontrado pelo menino desaparecido. Analisa o mapa, notando logo de cara que a frase do segundo é diferente da do primeiro.

"A terra, porém, estava informe e vazia; as trevas cobriam o abismo e o espírito de Deus pairava sobre as águas. É a segunda frase do Gênesis."

"Há outra diferença em relação ao primeiro mapa."

Ela se aproxima, depois volta para onde estava.

"No segundo a ilha está mais perto do continente."

"Perfeito."

"E isso quer dizer o quê?"

"Primeira hipótese: quem fez os mapas não entende muito bem de cartografia. Desenhou o primeiro e quando foi desenhar o segundo errou nas coordenadas da ilha."

"Ou pode não ter tido tempo de fazer direito. Está tudo meio torto no desenho."

"Esta seria uma segunda hipótese. Ele precisou desenhar rápido os mapas e acabou não sendo muito preciso."

"E se os mapas não foram feitos pela mesma pessoa? E se alguém fez o primeiro e outra pessoa fez o segundo!"

"Não, acho que não. A letra é a mesma nos dois, a mesma caligrafia nas frases do Gênesis. A mesma pessoa desenhou e enviou os dois mapas. E a localização da ilha não está errada. Ela apenas se moveu de onde estava."

"Você acha que a ilha está indo na direção do continente?"

"Acho."

"Mas espera aí. Como você pode saber que o movimento é esse? Não pode ser o contrário, ela não poderia estar se *afastando* do continente? Quem garante que o primeiro mapa é realmente o primeiro? E se a ilha primeiro estivesse aqui e depois ali, mais longe?"

"Acho que a ordem dos mapas tem a ver com a ordem do Gênesis. O primeiro reproduz a primeira frase. O segundo, a segunda frase."

Catarina volta a olhar para os mapas, mãos na cintura, olhos fixos ora num ora noutro desenho, tentando achar alguma lógica naquilo além do que lhe parece óbvio. E o que para ela está evidente, depois da explicação de Pepe e do que ela mesma pode ver, é algo que a deixa assustada.

"Pepe."

"Diga."

"Nós estamos indo mesmo pra lá, sem navio nem nada? A ilha inteira?"

Pepe se aproxima e apoia o braço nos ombros de Catarina.

"Estamos sim, estamos viajando. De volta ao velho continente."

⌇

O que estará fazendo Bernardo no alto do campanário? Certamente não foi para tocar o sino que subiu até lá, isso não são horas. Se o víssemos logo cedo, anunciando a missa matinal, ou à hora da ave-maria, seria compreensível, mas neste início de tarde não faz sentido.

Algo se esclarece, no entanto, se acompanharmos seu olhar. Veja como observa lá embaixo o velho sobrado, que calhou de ser erguido em frente ao que seria, dependendo do ponto de vista, o seu contrário.

Bernardo está ali movido pelo que possa ver dentro ou em torno do velho casarão de paredes brancas como o lírio, se me permite a comparação, com telhas manchadas de musgo, as portas e janelas – fechadas – pintadas de azul-marinho.

A enorme amendoeira, plantada ao lado do sobrado, e ainda o céu ao fundo, com poucas nuvens, compõem um retrato suave, convidando quem passa a entrar por um minuto e ver se o que há dentro da casa corresponde à sensação que se tem ao vê-la por fora.

De onde está, Bernardo apura o ouvido e escuta ao longe o som abafado de uma música alegre. Quem estaria lá dentro além das mulheres? Que homens dedicariam parte da sua tarde para estar naquele lugar? Ainda não viveu o suficiente para saber que não se pode traçar o perfil exato dos frequentadores do sobrado, os tipos são variáveis e qualquer palpite, temerário. A única coisa que sabemos (e disso sem dúvida Bernardo entende) é que a grande dama desse mundo recebe a todos e atende pelo nome de Tentação.

E por que ele não poderia estar lá dentro, mesmo sendo quem é? Não teria direito a viver, também ele, algumas poucas horas de ilusão entre braços, pernas e bocas reais? Seria algo um tanto quanto inusitado, convenhamos, porém digamos que alguma das moças o convidasse apenas para conhecer o ambiente e quem sabe (já que estamos na barca do devaneio não nos custa velejar um pouco mais) o convidasse a abençoar a casa.

Bernardo provavelmente não entraria. E não apenas por ser um noviço mas sobretudo por ser um rapaz apaixonado. Não bastasse isso, quis o destino, num lance de refinada ironia, eleger como objeto de sua paixão uma das mulheres que dá vida ao interior do sobrado e com o fruto do seu trabalho ajuda a mantê-lo com a bela aparência que acabamos de conferir.

A moça a quem me refiro você já sabe quem é, por suposto, e me dispenso de nomeá-la. Para prosseguimento do relato, mais rentável seria dizer que postado no campanário, ao lado do sino da igreja, Bernardo se esquece do mundo e se deixa levar pelo som da música – agora mais amena, melodiosa, estariam a dançar, aos pares? –, que o faz ver a si mesmo não mais como um noviço mas como o homem que ama Clara e se enternece ao olhar para as janelas, tentando adivinhar qual seria a do quarto onde ela dorme.

Não foi difícil chegar à conclusão de quem era Clara e onde morava. Bastou um pouco de lucidez para juntar as evidências e ainda um ou dois dias a vigiar o sobrado, bastou isso e a verdade se revelou, embora, a princípio, Bernardo se recusasse a acreditar nela.

No entanto, não é a identidade de Clara que o consome, o que lhe passa pela cabeça vai além dos contornos do mundo, pelo menos do mundo de pedras, ruas, casas, pessoas, o que ocupa todos os seus sentidos quando o vemos no alto do campanário é o exercício de adivinhar qual seria a janela da sua amada.

Na verdade, ele sabe que Clara não se encontra atrás daquelas janelas, nem de nenhuma outra, sabe onde está, no mesmo lugar de sempre, o cais da ilha, e olha para a madeira azul de uma das janelas fechadas imaginando como estaria a cama do outro lado, os lençóis arrumados, em repouso, à espera da noite.

A história o aborrece, é natural, a cama não estaria esperando apenas por Clara mas também por outro, um outro qualquer, e pensar nesse outro o desconcentra, seu breve transe vespertino é interrompido e o noviço volta ao calor de verdade, na tarde quente de verão.

Retorna à ideia que o tem devorado há algumas horas: ir até o cais, se encontrar com Clara e dizer o que precisava ser dito, que deixaria o hábito, os votos, embarcariam juntos na caravela!

Na noite anterior passou horas seguidas na biblioteca, tentando preencher seus pensamentos com alguma coisa que não lembrasse Clara. A biblioteca, no entanto, não poderia ocupar todo o seu dia e ele procurava trabalhar no convento mais do que era necessário, assumindo tarefas que não eram suas. Mesmo assim não conseguiu evitar subir até onde o vemos, sem poder adivinhar, obviamente, que assistiria à chegada desse senhor com um ramalhete de rosas vermelhas nas mãos.

O homem bate à porta e enquanto aguarda tira um lenço do bolso da camisa e enxuga o suor do rosto. A porta se abre e não se pode ver quem recebe do cavalheiro as rosas, entregues com um sorriso que não deixa dúvidas, é bem-vindo no casarão.

Bernardo acompanha a entrada do homem na casa. Inquieta-se. O calor aumenta e ele sente vontade de esquecer tudo isso e se jogar nas águas frias do lago de que gosta tanto, no alto da montanha, para onde costuma ir quando precisa meditar e para onde deveria ter ido hoje mesmo.

A música continua no interior do sobrado. Como podem estar tão alegres quando há pessoas desaparecidas e uma expedição sendo preparada para ir talvez a um lugar sem volta? As janelas ainda fechadas, o mesmo cenário de alguns minutos atrás, e então a porta se abre e por ela sai a única pessoa que Bernardo deseja ver e a única que jurava não estar ali.

É ela quem está lá embaixo, à entrada do casarão, a sombrinha a protegê-la do sol, numa das mãos uma rosa, vermelha.

O olhar dele atrai o de Clara. Ela olha para cima, para o campanário, onde enxerga o noviço, sem saber que já frequentou os sonhos dele, como ele frequenta os seus. Soubessem dos sonhos um do outro e talvez se entendessem melhor, se é que já não se entendem bastante sem isso, cada qual à frente do lugar que representam na vida da ilha, o sobrado e o convento.

Cada vez que a vê ela parece outra, a mesma e outra ligeiramente diferente, mas desta vez a visão o comove como não comovera antes.

E posso lhe assegurar, por conhecê-lo tão bem, por amá-lo como a um filho, que não é a angústia por não estar nos braços de Clara, tampouco é a dor de saber de seus limites, não é nada disso o que faz descer pelo seu rosto as duas linhas finas que Catarina viu ainda há pouco, pela luneta. Não é tristeza o que as move, é uma beleza qualquer, sem nome, no instante em que seu rosto é pura contemplação do rosto de Clara, a olhar para ele.

9

Não temos conosco a luneta de Pepe mas a janela nos concede uma compensação ao franquear passagem a uma esquina do morro de Santa Teresa, permitindo uma imagem do bar onde homens e mulheres conversam sobre o mesmo assunto: outras pessoas sumiram.

Chegando mais perto podemos ouvir, dos grupos colocados em duas mesinhas na calçada, que um dos desaparecidos é o pai do menino que acompanhamos em outro episódio, o pescador mal-humorado, e além dele desapareceu também uma senhora, a que afrontou o assistente na delegacia, chamando-o de estúpido.

Aliás, dizem que o próprio assistente e também o delegado não apareceram para trabalhar nessa manhã. Ninguém sabe onde foram parar, como também não se sabe o paradeiro de alguns frades franciscanos (já éramos tão poucos) e de adultos e crianças que vimos figurar nessa janela desde o início da história, nem de três ou quatro vendedores de frutas no mercado – sumiram, todos eles.

Se Catarina e Pepe soubessem disso, talvez acrescentassem algo a suas divagações, ou pelo menos ela, já que ele aparenta saber mais do que tem mostrado até aqui e pode ser que já previsse não apenas que os desaparecidos não seriam encontrados mas também que novos desaparecimentos viriam a acontecer.

Ali estão eles, o homem e a menina, ainda na casa de Pepe. Ele aguarda sentado numa cadeira, num dos cantos da sala, que Catarina se canse de analisar com a lupa ora um, ora outro mapa.

"Por que você não vai até o continente? É só pegar a caravela e pronto."

"Seria muito arriscado colocar a caravela no mar. E o problema maior não é esse, é saber a localização exata do continente. Sem um mapa é impossível."

"Mas você tem o mapa!"

"Não, querida, eu tenho *os* mapas. E isso faz toda a diferença."

"E a ilha? Vai chegar lá?"

"Talvez. Parte dela pelo menos."

"Você não acabou de dizer que estamos indo pro continente, que os mapas estão mostrando isso?"

"Estamos indo. Não quer dizer que chegaremos."

"E por que não? Você está me deixando assustada, mais do que já estava."

"Desculpe, são apenas hipóteses. Tenho observado as estrelas todas as noites. Faço isso há muitos anos. E posso te garantir uma coisa: a ilha nunca se moveu tão depressa. Nós não podemos perceber mas ela está navegando e não é devagar."

"Se você percebeu a mudança, outros também perceberam."

"Os pescadores, eles já chegaram a essa mesma conclusão. Tenho certeza de que já sabem que estamos em movimento, e sabem também que não é nem pro norte, nem pro sul ou pro leste. Estamos indo reto no sentido oeste, na direção do continente."

"Por que você acha que não chegaremos?"

"Não disse que não chegaremos, disse que é uma hipótese. Não sei o que nos espera no caminho. Podemos encontrar correntes marinhas muito fortes, que iriam corroer o subsolo da ilha, a parte submersa. O próprio movimento acelerado, o impacto com a água, pode produzir essa corrosão."

"A ilha pode ir se desmanchando antes de chegar ao outro lado?"

"Pode. Uma ilha não foi feita pra sair navegando por aí. Não digo que ela vá se desmanchar mas é certo que desgastes na parte submersa vão ocasionar problemas na parte de cima, como se fosse o casco de um navio rachando, até afundar."

Catarina tem mais coisas a dizer, na verdade tem muito mais coisas a perguntar. Já não sabe como raciocinar direito, a hipótese de a ilha ir se desgastando até chegar ao continente é baseada na lógica, no entanto será que ainda dá para recorrer à razão depois do que tem acontecido nos últimos dias?

"E não é só isso. Há coisas que você ainda não sabe."

"O quê?"

"Está vendo esse baú?", ele pergunta, apontando para uma pequena caixa de metal prateado. "É esse o baú que o Andador encontrou na gruta."

Devagar, Pepe ergue a tampa. Catarina repara como os cabelos dele são finos. Ela não resiste e toca neles devagar, num carinho.

"Aqui está", ele diz, retirando pequenas placas de metal, retangulares.

"O que é isso?"

"Gravuras. O baú foi preparado de modo a conservar seu conteúdo mesmo debaixo d'água. A luneta estava desmontada e guardada num estojo impermeável. E essas gravuras são recobertas com algum material que as deixou intactas. Vamos levar pra mesa."

Sentam-se à grande mesa da sala, depois de ele jogar para um canto alguns dos seus livros e folhas com anotações, abrindo espaço para as placas.

"Esses desenhos representam lugares da cidade antiga."

Pepe vai alinhando as gravuras uma ao lado da outra, formando um painel que os leva a um mundo estranho e familiar, uma cidade que é a deles, a nossa e já não existe.

∽

Eis que a janela tira da nossa frente as figuras de Pepe e Catarina e nos leva novamente às ruas, com Ramon deitado numa calçada, cabeça apoiada nas patas dianteiras, olhando para a frente com olhos mansos.

Em seguida a imagem se amplia, mostrando o Andador ao lado do cão, os dois mirando algo fora do quadro.

Agora sim, podemos ver o que eles veem: um terreno vazio, com capim rasteiro e pedras, duas casas de cada lado e o mar atrás. É um vão na sequência do casario, estranho vão, eu diria, considerando que há casas por toda a rua e ali, naquele espaço, não há nada, como se alguém tivesse recortado fora a casa que havia naquele espaço.

Mais estranho ainda você vai achar quando eu lhe disser que naquele terreno onde nada parece ter existido um dia, além do capim e das pedras formando um piso irregular e meio inclinado, naquele terreno ficava, até ontem, a delegacia da ilha.

A delegacia sumiu. Sumiu não como se fosse destruída a marretadas, deixando ao final da sua destruição marcas visíveis, restos de tijolos, madeira, telhas. Não há restos, a delegacia desapareceu sem deixar marca nenhuma, quem visse o que vemos não hesitaria em dizer que nada existiu ali, nunca.

O Andador não aparenta surpresa com isso e Ramon muito menos. Olham para o vazio com olhos tão quietos que poderíamos acreditar que apenas apreciam a imagem das águas mais adiante, de onde o sol vai subindo devagar, iluminando pouco a pouco a ilha, a despertar em breve e topar com a novidade, mais uma, a de uma casa que dorme delegacia e acorda terreno baldio.

"Não, Ramon, não foi isso o que eu disse, você não está prestando atenção no que estou falando, hein? Eu disse que estava voando sobre a ilha. Lá do alto eu via tudo, cada canto da cidade, e de repente eu descia pelo ar, eu era um martim-pescador, depois mergulhava no mar e já era um peixe. Eu entrava na caverna do túnel do trem, entrava e o trem vinha na minha direção a toda a velocidade, vrrruuummm!, e me dava um susto tão grande que eu deixava de ser peixe e virava gente de novo, sentava numa pedra no fundo do mar, abria um livro e tornava a ler o que já tinha lido várias vezes. Era uma vez uma cidade sonhada, era uma vez um sonho de cidade que um homem teve, depois contou pra vários homens e os cientistas muito inteligentes gostaram daquele sonho e disseram: isso pode virar realidade. Então construíram um laboratório de máquinas incríveis, no laboratório eles criavam inteligências, memórias e outras coisas, e foram fazendo pesquisas até descobrir um novo elemento químico, derivado do carbono, o C-33, e aí os cientistas deram muitos abraços uns nos outros, dizendo tudo é possível, depois disso tudo é possível."

Ramon não esboça qualquer reação, a cabeça confortável entre as patas, olhando quieto o mar à sua frente. O Andador quer retomar seu relato, ou como quer que se chame isso, mas se sente desmotivado com a apatia de seu único ouvinte.

Acaricia as costas do cachorro sem guardar rancores, se não quer ouvir tudo bem, não tem problema, já se acostumou mesmo a falar sozinho e depois de uma pausa volta à história.

"Aí eu era um cachorro chamado Ramon. E o cientista, o chefe deles, o grande cientista veio e disse Ramon, fui eu que fiz você, inventei você e o osso que você come e o canto sujo onde você dorme e aquele seu amigo que vive andando por aí e saiu levando uma garrafa daqui pra lá e de lá pra cá e depois de propósito deixou cair o mapa no chão, é, foi de propósito sim, aquele de bobo não tem nada. E eu já não era um cachorro chamado Ramon, era o Pepe tentando decifrar o enigma mas faltava uma peça, o romance, mas pelo menos Pepe tinha mapas e garrafas, e gravuras também, do continente, e umas folhas tiradas de um livro, umas folhas que poderiam ajudar, não sou tão malvado, Ramon, ajudei um pouquinho deixando as folhas no baú, e se me dessem ouvidos poderia ter sido diferente, não deram, fazer o quê?"

O Andador para de falar por um instante e leva as duas mãos às orelhas, querendo se certificar de que estão mesmo lá.

"Agora eu era um *deles* e fazia experiências com plantas, animais, pedras e pessoas, ia vendo tudo num instrumento de ver coisas invisíveis. Eu fabricava coisas impressionantes, era um cientista de verdade, no continente de verdade, e tinha sonhos com o futuro e esse futuro ia chegando perto, me cercando, me cercando, cada vez mais perto, até eu acordar e ver que as coisas que tinha sonhado estavam do lado da minha cama. Eu descobri o C-33, ninguém nunca acreditou que pudesse existir um elemento tão, tão, sei lá, tão impossível."

Ramon finalmente levanta a cabeça, assustado, teria pressentido algo? O Andador percebe e pergunta o que foi. Logo se vê num canto do cenário outro cachorro, maior que Ramon. Foi isso o que pressentiu, a presença do rival, dentes à mostra, a rosnar para ele? Ramon começa a latir para o cachorro, o Andador o segura, tenta acalmá-lo, depois se levanta e enxota o intruso, que sai do nosso campo de visão.

Com Ramon nos braços, o Andador caminha até o terreno baldio, onde antes era a delegacia, e conversa sobre os lugares que estaria pisando se a delegacia ainda estivesse no seu lugar, como estava ontem, quando passou por lá e viu as pessoas imprensando o delegado e seu assistente (todos muito zangados, nervosos, não deviam se irritar tanto, não vai adiantar nada mesmo, ele pensa).

O Andador coloca os pés sobre o que era antes o piso de uma das celas e ri da ideia de estar preso numa cadeia que não existe.

"Viu, Ramon, eles prenderam a gente, viu? O que foi que você fez de errado dessa vez?"

Continua andando pelo terreno, subindo na mesa do delegado, fazendo com o pé um desenho sobre a cadeira do assistente.

Tem vontade de urinar na parede, nunca fez isso e faz agora, deixa o cachorro no chão, abre as calças e urina no ar, o jato voando na direção da parede invisível e escorrendo pelo chão.

Pega outra vez o cachorro e senta-se no capim, de costas para o mar, vendo de um lado e de outro da rua se vem alguém. Devem estar todos em casa, com medo de desaparecer como aconteceu com os outros.

"Você conhecia aquele cachorrão, Ramon? Era seu amigo? Ele estava te devendo alguma coisa, você emprestou um osso pra ele e o malvado não devolveu, foi isso? Também quem mandou, Ramon? Osso a gente não empresta não. Mas não tem problema, não precisa se preocupar, aquele cachorro não existe, nem o osso que ele roubou de você, a delegacia existe? Existe nada, você está vendo alguma coisa aqui? Eu era a delegacia e era a Catarina, era o Bernardo trancado na biblioteca que não existe, nem ele nem a biblioteca, e agora eu era o criador, muito prazer, o criador."

Finalmente vem alguém, aquela senhora caminhando devagar no fim da rua. O Andador a vê e se levanta, rápido, deixando o cachorro no chão a bocejar de novo, fechando os olhos num cochilo.

"Por que você dorme tanto, meu amigo? Você sonha? Como é sonho de cachorro, Ramon? Aposto que sonha com a fada, a do cabelo azul, acertei? Se inventassem um jeito de entrar no sonho dos outros, que maravilha! Na verdade, já inventaram uma coisa dessas, você sabe, não vou contar de novo, inventaram mas ficaram com a invenção pra eles, só pra eles, os cientistas do continente, sabem tudo o que eu sonho. Não, certeza eu não tenho, mas por que não se já fizeram tanta coisa? Responde, Ramon, acabo de te fazer uma pergunta. Aliás, não fala nada não, não conversa comigo, vão achar que sou doido, conversando com um cachorro que, além de não existir, ainda está dormindo. Aquela mulher que está vindo lá, por exemplo, ela pode achar esquisito eu aqui de conversa com você, vai dizer que não bato bem da cabeça. Aquela mulher não existe, eu sei, não venha querer me confundir, seu vira-lata dorminhoco, ela não existe mas está vindo pra cá, não está vendo? Já está bem perto da gente e da delegacia que sumiu, está olhando pra nós, colocou a mão na frente da boca, não está entendendo nada, olha pra mim, olha pra você mas no fundo está olhando é pro vazio da delegacia, olhando com a mão na boca e essa cara de pateta, é sua amiga ela, Ramon?"

∽

Bernardo se assusta quando um dos irmãos toca seu ombro, dentro da igreja. Estava sozinho, a Bíblia aberta, o frade chegou mansamente e em voz baixa chamou seu nome mas de tão concentrado na leitura não ouviu o chamado.
"Algum problema, Bernardo?"
"Não, nada."
"Aquela moça quer falar com você."
Ele vira o rosto para trás e agora sim teria motivo para se assustar.
Fecha o livro, tendo o cuidado de marcar com um pedaço de papel a página que estava lendo, agradece a gentileza do irmão e se levanta.
Clara vai até ele, no meio da igreja, e aí estão os dois meninos – desculpe, para mim são duas crianças, mesmo que a vida de Clara e os desejos de Bernardo possam porventura me contradizer –, um de frente para o outro, ela olhando para a Bíblia que ele segura de encontro ao peito.
"Quantas vezes você já leu?"
"Não sei", ele responde, rindo, "não parei pra contar."
"Deve saber tudo de cor."
"Imagina."
"Aposto que sei a parte que estava lendo quando cheguei."
"Acho que não."

"O Gênesis."

"Errou."

"E o que era?"

"Deixa pra lá, não tem importância."

Ela senta-se num dos bancos de frente para o altar, ele ao lado. Ficam os dois olhando as imagens, com a luz do dia atravessando os janelões.

"Aquela você sabe quem é, não sabe?", Bernardo pergunta, apontando com o olhar para Santa Clara.

Ela não responde.

"Me mostra onde estão as frases, das garrafas."

Bernardo abre a Bíblia nas páginas iniciais.

"Aqui. Primeira narrativa da Criação. No princípio, Deus criou os céus e a terra. A terra, porém, estava informe e vazia; as trevas cobriam o abismo e o espírito de Deus pairava sobre as águas. Deus disse: faça-se a luz! E a luz foi feita."

Clara prossegue na leitura, em silêncio. Depois se interrompe e torna a olhar para Bernardo:

"É bonito."

"Também acho. É um dos livros mais bonitos da Bíblia."

"Aposto que é o seu favorito."

"Você anda apostando muito hoje. E errando muito também."

"Errei de novo?"

"Errou. Meu favorito é outro."

"O que você estava lendo quando eu cheguei."

"Acertou uma, finalmente."

"Dessa vez não vou perguntar qual é, dou um jeito de descobrir sozinha."

Ele se pergunta se ela seria capaz de descobrir sozinha outras coisas. No fundo, desconfia de que Clara já percebeu tudo e faz de conta que não. Por que ainda se encontra com ele? Poderia ignorá-lo ou tratá-lo com certa distância, tem estado bem perto dele nos últimos dias, e de uma maneira afetuosa, o que só aumenta suas dúvidas.

"Clara."

Ela finge não ter ouvido. Tem os olhos fixos no altar, não porque esteja interessada nas imagens mas porque não quer olhar para Bernardo, sobretudo agora, o modo como pronunciou seu nome lhe diz tudo, é mais revelador do que qualquer declaração que ele fosse fazer.

"Clara", ele repete, num tom ligeiramente diferente e nem por isso menos perigoso.

Ela sabe que precisa agir rápido, mudar de assunto, foi até o convento para conversar com ele sem saber exatamente o quê, um sim ou não ou quem sabe, tudo podia acontecer e ela preferiu não se preparar antes, deixar que acontecesse. Agora sente medo – talvez por estar ali, na igreja, tudo em volta lembrando a ela quem é Bernardo.

"E o mapa? Alguma novidade?"

Ele leva um tempo até responder.

"Mais ou menos. Tenho pensado umas coisas."

"O quê?"

"Podemos andar um pouco?"

Levantam-se e caminham até a saída da igreja. Chegam ao pátio e Bernardo lhe pede que espere ao lado da fonte enquanto busca o mapa.

Clara nunca havia entrado no convento mas tudo lhe parece familiar. Tem a impressão de já ter brincado naquela fonte quando criança.

Ela se abaixa e bebe um pouco d'água, depois molha o rosto, o pescoço, sente que poderia se banhar de uma vez, de roupa e tudo. Ri do que acaba de imaginar, o vestido colado no corpo, molhada da cabeça aos pés, no pátio dos franciscanos.

"Demorei?"

"Não."

"Vamos até ali, não quero que vejam a gente com o mapa. Os frades estão assustados."

"Todo mundo está."

Contornam a igreja e chegam ao terraço, um pequeno largo que termina no penhasco, de frente para o mar. Sentam-se na grama, sob a paineira, ele com o mapa nas mãos.

"Esse mapa, o que você achou na garrafa, foi o terceiro, não foi? Eu achei o primeiro e o garoto encontrou o segundo."

"E daí?"

"São três garrafas e três frases. O número três, na Bíblia, significa a Trindade: Pai, Filho e Espírito Santo. É a Trindade na unidade, o grande mistério divino, como três podem ser um só? Os três mapas formam essa unidade, são mensagens que se complementam."

"E por que o Gênesis? Por que não outra parte da Bíblia?"

"O Gênesis narra a criação do mundo. E alguns religiosos consideram que teria havido uma *segunda* criação, na verdade um recomeço, logo depois do dilúvio. Deus manda seu castigo, toda a população é destruída pelas águas, com exceção de Noé e sua família, eleitos pra recomeçar tudo."

"Um novo início. Um novo Gênesis."

"Só que dessa vez a criação não começa do zero, entendeu? É o *homem*, é Noé e sua família que vão recriar o mundo. As frases na garrafa podem não estar falando do Gênesis bíblico."

"Estariam falando então do segundo Gênesis, a partir da história de Noé."

"Não, estariam falando de um terceiro."

"Tem um terceiro?"

"Fiquei pensando no sonho que você me contou. A ilha do seu sonho, em forma de lua crescente. Uma vez Pepe me emprestou um livro que contava a história de uma ilha chamada Utopia, onde não havia injustiça, miséria, guerras."

"É um romance?"

"Mais ou menos. Utopia é o nome de uma cidade perfeita e o autor fala como seria essa cidade, com as leis, a relação entre as pessoas, a divisão dos bens. Muito tempo depois, no século XXI, um estudioso chamado Will Glass publica um livro que de algum modo tem a ver com esse. Ele imagina uma outra cidade."

"Como se chama?"

"A cidade? Não tem nome. O autor a chama apenas de Cidade Ideal. Pelo que sabemos, Glass escreveu o livro quando o planeta estava caótico. O clima completamente fora de controle, as cidades superpovoadas e sem combustível, a Terra pronta pra explodir."

"E explodiu mesmo. Ou pelo menos rachou em pedaços."

"É verdade. O cataclisma provavelmente aconteceu nessa época. Mas o livro foi publicado antes disso. E chamou muito a atenção das pessoas porque defendia a tese de que só havia uma saída para os problemas da humanidade. Primeiro, uma catástrofe. Uma catástrofe que destruísse dois terços da população. Depois, o retorno ao passado."

"Não entendi."

"Depois da destruição de boa parte do planeta, o que sobrasse deveria ser reconstruído de acordo com o que era o mundo antigamente, com menos pessoas e em harmonia com a natureza. Uma espécie de novo Éden. Tenho estudado o assunto, Clara. Conversei sobre isso com Pepe na última vez que nos vimos, e ele disse que era uma hipótese viável."

"Que hipótese?"

"A de que somos a cidade sonhada por Glass. Quando o continente se partiu, pode ter acontecido de alguém ter retomado o projeto da Cidade Ideal. Alguém pode ter perguntado: por que não fazemos uma experiência? Por que não povoamos a ilha com poucas pessoas e com uma ordem religiosa que respeita a natureza?"

"Por isso os franciscanos estão aqui desde o início."

"Exato. Eles queriam usar a ilha como se fosse um laboratório. Queriam fazer uma experiência."

"Que experiência demorada! Já não deu pra saber se deu certo ou não?"

"Pra saber com certeza, eles precisariam esperar algumas décadas."

"Tanto tempo assim?"

"O que eu acho é o seguinte. Os primeiros habitantes da ilha foram escolhidos através de testes genéticos, só serviam os que fossem seres humanos saudáveis. Depois esses eleitos foram obrigados a ter filhos, mas poucos, a população devia ser sempre pequena."

"Mas quem controlava isso? E se a pessoa quisesse ter um montão de filhos?"

"Não sei como era a forma de controle, mas devia existir algum controle, sem dúvida. E tem outra coisa. As pessoas escolhidas pra morar na ilha estavam proibidas de contar a verdade aos filhos."

"Por quê?"

"Imagina, Clara, se os filhos soubessem que o continente ainda estava lá. Eles não fizeram acordo nenhum, não escolheram morar numa ilha isolada do mundo, é lógico que pelo menos alguns iriam querer voltar pro continente. A experiência só poderia funcionar se esses filhos, e os filhos deles, acreditassem que a ilha era o único lugar do mundo pra se viver."

"E os livros, os registros na biblioteca?"

"Falsos. Forjados pra nos fazerem acreditar que o continente afundou e sobramos apenas nós, nessa ilha."

"Faz algum sentido, eu acho, mas é meio esquisito."

"Eles podem estar lá, nossos antepassados. Podem estar nos observando a distância, de algum modo estão acompanhando a vida na ilha enquanto vivem a deles. Em algum momento vão decidir se funcionou ou não, se a Cidade Ideal é viável."

"E quando acontecer isso, o que vai ser da gente?"

"Não sei. Só que sei que está perto."

"O que está perto?"

"O final da experiência. Acho que é isso o que as frases estão dizendo. Alguém está querendo nos contar a verdade, está querendo revelar como foi que nós viemos parar aqui."

Ele se interrompe um minuto e olha para Clara.

"Você não está convencida."

"Não muito."

"Lembra-se da primeira frase? No princípio, Deus criou os céus e a terra. Isso seria logo depois do cataclisma. Depois que se separou do continente, a ilha era apenas céu e terra, sem ninguém, nenhuma pessoa. E aí vem a segunda frase, que confirma o que estou dizendo: a terra, porém, estava informe e vazia; as trevas cobriam o abismo. A terra informe e vazia, coberta apenas pelas trevas. E sobre as águas pairava o espírito de Deus. A referência às águas é importante, uma ilha é isso, um pedaço de terra cercado de água. Pairando sobre elas é como se Deus estivesse *protegendo*, abençoando a ilha."

"E aí faz-se a luz."

"Não é? Aí faz-se a luz, mas não necessariamente a luz divina. Deus estaria pairando sobre a ilha, estaria dando sua bênção, mas essa luz não viria exatamente de Deus. A luz no sentido bíblico está ligada ao divino, certo, mas no sentido humano luz é razão, conhecimento. A terceira frase quer dizer isso: a ilha, que era apenas um pedaço vazio de terra, entregue às trevas, vai ser povoada pela razão. É isso o que alguém está querendo nos dizer, representamos um *recomeço*, um novo mundo refeito pela ciência."

"E os mapas?"

"Os mapas estão dizendo que em breve vamos saber toda a verdade. Viemos do continente e logo estaremos juntos dele de novo."

"Estamos indo pra lá?"

"Estamos. Os mapas, como as frases, não podem ser tomados ao pé da letra, formam uma mensagem cifrada, mas não há dúvida de que o continente e a ilha estão cada vez mais próximos. Por algum motivo, a pessoa que mandou não pôde dizer tudo de modo explícito. Você mesma disse isso, lembra? Você disse que alguém do continente está querendo nos dizer alguma coisa e não pode falar."

"Eu disse que essa pessoa poderia estar presa."

"Pode ser, pode estar presa porque estaria querendo nos contar a verdade. Antes da hora."

10

Clara tenta dar uma ordem ao que sente. Ao torvelinho que se instala dentro dela – e já se instalou há muito dentro dele – vem somar-se (coincidência?) uma súbita mudança no cenário, até então de um sol ameno. Agora nuvens carregadas se formam, ondas fortes batem na praia ao pé da encosta e com mais força nos rochedos.

"Tive um sonho essa noite", diz Bernardo, quebrando o silêncio. "Sonhei que chovia muito e o cais da ilha flutuava no meio do oceano."

"E você estava lá? No cais?"

"Não, eu via tudo da biblioteca, da janela da biblioteca."

"Mas a biblioteca não tinha sumido também, junto com a ilha?"

"No sonho era assim. Só havia o cais boiando no mar, debaixo da chuva. Eu via tudo pela janela da biblioteca e não existia mais biblioteca, só a janela. Depois eu já estava na caravela do Pepe."

"Sozinho."

"É, sozinho. E com um monte de livros em volta de mim. A chuva apertava, a caravela estava quase afundando e eu procurava desesperado encontrar um livro no meio dos outros. Eram todos iguais, a mesma capa, o mesmo volume, tudo igual, e eu sabia que no meio deles tinha um diferente."

"Que hora pra procurar um livro."

"No sonho eu *precisava* achar o livro. Eu sabia disso, que se encontrasse o livro a tempestade iria embora e tudo voltaria ao que era antes. A ilha, as pessoas, tudo voltaria ao normal."

"Por que você acha que a caravela apareceu no seu sonho? E o cais?"

"Não sei."

"Você é tão inteligente. Falou de uma hipótese, de livros antigos, cidade ideal, razão, ciência, e não sabe o que significa o seu sonho?"

"Você vai me explicar?"

Ela ri.

"Não. Só queria te perguntar uma coisa."

"Pode perguntar."

"Se a caravela tiver mesmo condições de viajar, e se você for um dos escolhidos pra ir na viagem, você vai?"

Bernardo abaixa os olhos e fica olhando para a Bíblia no seu colo. Depois diz alguma coisa, baixinho. Clara não consegue ouvir, ainda mais com os trovões – os dois terão que sair dali, a menos que queiram tomar chuva.

Ela pede que ele repita o que disse. Ele levanta os olhos:

"Eu disse: se você for também."

Pena que nesse instante a janela interrompa a cena. Ou melhor, não se trata exatamente de uma interrupção da cena em si mas do diálogo entre eles porque a cena continua com a chegada de outro irmão, meio esbaforido, não sei se pela iminência da chuva ou pela urgência do recado, chega correndo até eles e diz que Bernardo tem outras visitas, estão esperando por ele na entrada do convento.

Bernardo pede licença a Clara e acompanha o frade.

Ao sair, deixa sobre a pedra sua Bíblia. Clara de início não percebe, está olhando para o mar e imaginando o que será dela, de Bernardo, de todos nos próximos dias, talvez nas próximas horas. Os primeiros pingos caem sobre seu rosto e só então ela vê a Bíblia, que apanha para proteger da chuva.

Caminha até um abrigo, sob a beirada do telhado da igreja. Traz o livro debaixo do braço e percebe que há uma pontinha de papel marcando uma página qualquer. Abre e vê um trecho marcado a lápis. E por um acaso (se você acredita neles) descobre enfim qual a parte da Bíblia que Bernardo prefere, esta que ela tem em suas mãos e cujo título se pode ler na parte superior da página: *Cântico dos Cânticos.*

A janela é generosa conosco e depois de nos mostrar Clara e a Bíblia aberta, e a chuva e a parede da igreja onde a moça está encostada, depois disso muda a imagem e nos aproxima da página, onde lemos:

> **Levanta-te, amiga amada minha,**
> > **formosa minha, e vem.**
> **Minha pomba, oculta nas fendas do rochedo,**
> > **e nos abrigos das rochas escarpadas,**
> **mostra-me o teu rosto,**
> > **faze-me ouvir a tua voz.**
> **Tua voz é tão doce,**
> > **e delicado o teu rosto!**

൞

A janela deixa Clara e os versos do *Cântico dos Cânticos* para nos levar de volta à casa de Pepe, com ele e Catarina diante das gravuras da cidade antiga.

"Aqui, reconhece?"
"São os Arcos."
"Sim, os Arcos como eram antigamente."
"E isso em volta deles?"
"Edifícios."
"As pessoas moravam aí?"

"A maioria. A cidade tinha milhões de habitantes e não havia muito espaço livre. Pelo que sei, os Arcos originalmente serviram de base para um aqueduto que levava água pra boa parte da cidade. Quando foi feita a gravura, era apenas o marco de um passado remoto. E veja esta."

Catarina aproxima o rosto.

"É um trem?"

"É. Havia muitos deles no continente. E esse aqui viajava sob as águas também. Saía desse túnel."

"Pepe, você está me dizendo que esse desenho é o do túnel? O da gruta?"

"Isso mesmo. Está vendo os traços em volta, o contorno? Era um túnel. O trem circulava nos subterrâneos do continente. E daqui, desse ponto, saía direto pro fundo do oceano, onde continuava até emergir de novo."

"Noutro continente?"

"Talvez."

"Esse lugar eu conheço", ela diz, apontando para outra gravura.

"É a baía. Não há mais as pontes sobre o mar, nem os edifícios ocupando toda a praia. Claro, também não temos os barcos e as pequenas naves circulando no alto. E vou te mostrar outra coisa."

Ele se levanta, volta ao baú e de dentro dele apanha um objeto envolto num pedaço de pano. Retira o pano e surge diante de Catarina uma garrafa, tapada com uma rolha.

"Não acredito. Mais uma. Onde você achou?"

"Esta tem uma pequena diferença em relação às outras."

Pepe retira a rolha e coloca a garrafa de cabeça para baixo.

"Viu? Está vazia. Não tem mapa nenhum."

"Mas a garrafa é igual, não é?"

"Idêntica. O mesmo material, a cor, o desenho. Só não tem nenhum mapa. E não chegou até aqui pelo mar."

"E como foi?"

"Estava no baú."

"Fala de uma vez, Pepe. Você já sabe por que estão acontecendo essas coisas todas, não sabe?"

"Ainda não, mas estou perto. Deixa eu te mostrar tudo primeiro. Depois você me ajuda a terminar o quebra-cabeça. Olha essa aqui."

"É o mapa! O pedaço do continente, a ilha, as coordenadas, só que está desenhado direitinho."

"Alguém copiou o mapa dessa gravura. Alguém com pouca habilidade pra desenhar."

"Encontramos três mapas. Qual deles é a cópia deste?"

"O primeiro."

"Me responde uma coisa."

"Se eu souber."

"Por que a pessoa colocou as gravuras no baú? E a luneta? E por que escolheu justo esses desenhos?"

"Acho que a pessoa quis transmitir uma mensagem e foi colocando no baú o que estava à mão. Devia estar com pressa, talvez estivesse fazendo algo perigoso, proibido, mas teve tempo de escolher imagens que podemos identificar. Alguém quis mostrar como era a cidade."

"Ainda falta alguma?"

"Essa, a mais importante de todas."

Catarina tenta entender por que aquela placa seria a mais importante se não vê nada de especial no desenho de um prédio grande, quadrado, mais parecendo um cubo de metal polido, em meio a outros prédios, de tamanhos e formatos variados.

"Olha com atenção. Esse prédio visto de frente, o cubo, tem uma coisa escrita na parede, bem no alto, dá pra ver?"

Ela pega a placa e a leva até a janela da sala, onde há mais luz. É verdade, com a luz do sol e depois de Pepe ter chamado a atenção para o detalhe, até nós, de onde estamos, podemos conferir que na fachada do prédio, um pouco acima da grande porta de entrada, há algo escrito.

Catarina aproxima os olhos, as letras não estão muito nítidas, tanto que da primeira vez sequer percebeu que formavam palavras, mas agora, com a claridade, dá para ler.

"Projeto Gênesis."

ஒ

É uma gaivota o pássaro pousado na janela. Elas gostam da biblioteca. E do campanário também, de tardezinha se juntam ao redor do sino, principalmente quando há alguém por perto – têm especial apreço por Bernardo, que as alimenta e conversa com elas, quando acha que ninguém está vendo.

Costumam chegar em grupos. Esta veio sozinha e trouxe alguma coisa no bico, uma minúscula folha verde. Fosse uma folha de oliveira e eu lhe diria que estaríamos no meio de um episódio bíblico. Não temos oliveiras na ilha e talvez seja de pitangueira, pelo tamanho e pela cor, ou tenha sido arrancada de uma das muitas árvores da cidade.

Se soubesse que você teria como me responder, eu lhe perguntaria: você acha que esta folha que acabo de pegar do bico da gaivota teria vindo de *fora* da ilha?

Isso apenas seria possível, lógico, se estivéssemos relativamente perto de outro pedaço de terra. Pepe acaba de nos revelar que a ilha está viajando na direção do continente e não vejo por que duvidar das suas deduções, sendo ele quem é e dispondo dos dados de que dispõe, mas já estaríamos tão perto?

O pássaro levanta voo e nos leva com ele. Vamos pela cidade, partindo do convento e logo sobrevoando o cais que no momento não é de ninguém, deixado solitário à margem da ilha e pelo qual passamos, seguindo depois pela orla até a grande pedra à beira-mar.

Lá está a imensa pedra que chamamos de Arpoador, onde alguns dos ilhéus gostam de se reunir para ver o pôr do sol. A pedra lisa sem ninguém sobre ela, com as ondas do mar batendo forte na encosta que a gaivota contorna agora.

O voo continua pela praia que sai do Arpoador e vai até uma das pontas da ilha. Logo estamos a sobrevoar a Lagoa com ilha dentro e de que tanto gosta o Andador. Vista do alto, tem a forma de um coração.

Por que nossa irmã nos leva a sobrevoar em seguida a aleia de altas palmeiras, tão alinhadas que só podem ter sido plantadas desse modo? A gaivota segue no meio delas como se seguisse uma seta apontando para as montanhas, que mal podemos admirar porque a ave faz uma curva e volta para o centro da ilha pela outra lateral, a orla do outro lado.

Mais montanhas, neste lado elas formam uma longa cadeia, e lá embaixo, olhe, os fios brancos cortando o verde – rios, cachoeiras – e agora uma parte mais habitada, casas e ruas, até chegarmos ao morro de Santa Teresa e logo depois aos Arcos.

A gaivota nos levou por uma volta quase completa na ilha. Belo passeio, embora um tanto fora de hora, convenhamos, não sei a que propósito nos mostrou tudo isso. Uma despedida?

Espero que não, aliás nem sei o que espero, a gaivota que nos leve para onde achar melhor, vamos com ela e deixemos de lado o resto, sobretudo agora, quando ficam para trás os velhos Arcos e somos levados a contornar as reentrâncias da baía, e dali a uma espécie de península formada por morros altos e uma pequena praia, que os antigos batizaram de Vermelha não sei se em função da presença de algas avermelhadas ou se pela cor meio barrenta da areia.

Estamos depois disso de novo sobre o convento, completando uma volta inteira. A gaivota faz um movimento, como se fosse voltar à janela da biblioteca, e de repente sobe outra vez (deve estar exausta) e nos carrega em linha reta para o terraço à beira-mar, a pista do aeroporto que já não existe mais, pousando nos galhos da figueira, a poucos metros de onde está a caravela.

Feliz do pássaro que não pode entender o que dizem os homens, aqueles em especial, o suor correndo sobre os dorsos nus, ao sol forte do início da tarde. Se pudesse compreender o que fazem e o que dizem, não restaria tranquila como a vemos, estaria sem dúvida assustada e desnorteada como eles.

Um pássaro não pode saber mas nós sim. Falam do que se espera que falem, do desaparecimento de outras pessoas, e ainda da notícia que lhes chegou há pouco: a delegacia sumiu no ar (uma mulher contou, antes de sumir também).

A gaivota voou sabe-se lá para onde, nos deixando sozinhos no alto dessa desta árvore, de onde não cairemos, não se preocupe. Antes pode cair, da gávea, o jovem magricela que coloca a mão esticada sobre a testa, procurando proteger os olhos da luz do sol para enxergar melhor algo que vê longe dali, balançando o corpo e gritando para os que estão embaixo.

Um dos homens, o capitão talvez, logo apanha um binóculo (onde o terá conseguido)? Vasculha o mar na direção apontada pelo jovem e nada vê. Logo em seguida o próprio rapaz se encosta na lateral da cesta e abaixa a cabeça, braços caídos ao longo do corpo, a imagem do desânimo.

Deve ter sido efeito do sol, do calor, não há nada no horizonte a não ser as águas de sempre e por isso o capitão ordena ao jovem que desça do mastro e outro mais descansado o substitua na tarefa de vigiar o oceano à espera de algum sinal de terra, como se de fato estivessem já navegando e não plantados sobre o terraço. Aquilo mais parece um ensaio, o jovem antecipando o grito de terra à vista. O próprio fato de estar na gávea antes de a caravela estar nas águas já aponta para a ansiedade que se apossa desses homens.

E olhe que não sabem ainda o que a gaivota nos mostrou naquele passeio aparentemente despropositado. Não sei se você reparou quando passamos sobre o cais, aqui perto do convento. Deve ter percebido que sobrevoamos o cais logo na saída, ele estava lá embaixo, deu para ver nitidamente. E na volta, quando de novo sobrevoamos o convento, o banco onde Clara gosta de sentar-se para não desenhar, e a árvore que lhe oferece a sombra para tal, árvore e banco completando o cenário do cais, nada disso estava no lugar onde sempre esteve.

Quando Clara chegar ao cais nesta tarde, se chegar, não há de vê-lo, como nós também não o vimos ao sobrevoá-lo pela segunda vez, nem veremos de novo.

11

Catarina olha para Pepe, sem saber o que dizer. Ele lhe oferece um copo d'água, ela recusa.

"O que era esse Projeto Gênesis?"

"Um projeto audacioso, pra dizer o mínimo. Muitos foram contra mas os cientistas levaram adiante as experiências. O prédio que você viu, na gravura, era a sede do projeto. Tudo era planejado e executado ali."

"Tudo o quê?"

Ele pega no baú um envelope impermeável e de dentro retira três ou quatro folhas de papel, que estende sobre a mesa.

"Essas páginas foram arrancadas de um livro ou de alguma outra publicação, uma revista ou algo do tipo, com notícias da época. Você vai entender melhor quando ler."

Catarina senta-se na cadeira, Pepe logo atrás dela.

Na primeira década do século XX, um grupo de cientistas, sob a coordenação do geneticista americano Craig Venter – que em 2003 havia conseguido decodificar o genoma humano –, desenvolveu uma nova linhagem de bactérias, capazes de funções como a produção de combustível, a digestão de material radioativo e a diminuição do calor na temperatura ambiente. Até então, acreditava-se que isto seria impossível, devido a uma espécie de defesa natural que protege as bactérias de qualquer

DNA externo. Ao alcançar a técnica de desativação do sistema imunológico bacteriano, fazendo com que as bactérias aceitassem outro DNA, abriu-se caminho para experimentações genéticas inimagináveis no século anterior.

No ano de 2010, a mesma equipe cria o primeiro organismo sintético. Em artigo publicado na revista *Science*, Venter descreve minuciosamente o processo de criação artificial do cromossomo de uma bactéria e sua transferência para outra, substituindo o DNA original. O genoma sintético, segundo o artigo, ativa a célula, que dessa forma produz proteínas e se replica. Em entrevista publicada na mesma *Science*, o cientista afirma que se trata da "primeira espécie do planeta que se autorreplica e cujo pai é um computador."

E justifica o adjetivo aplicado à nova célula: "Nós a chamamos de sintética porque a célula é totalmente derivada de um cromossomo sintético, feito com quatro garrafas de produtos químicos e um sintetizador a partir de informações arquivadas num computador. Partimos de uma célula viva, mas o cromossomo sintético a transformou totalmente numa nova célula sintética".

Envolvendo 24 cientistas e a cifra de US$ 40 milhões, o processo criou um genoma sintético que era cópia quase perfeita do original. As poucas diferenças podiam ser encontradas em uma ou outra sequência de DNA, que funcionavam como uma espécie de marca-d'água, assinalando a diferença entre o original e a réplica. A marca-d'água, no caso, eram simplesmente os nomes dos cientistas da equipe, juntamente com frases do escritor James Joyce e do físico Robert Oppenheimer.

Daí em diante, a evolução científica no campo da genética, em especial a ligada à criação de vida artificial, cresceu em progressão geométrica, com descobertas que ano a ano surpreendiam a comunidade acadêmica. Algumas revistas especializadas chegaram a se referir ao século XXI como a *Nova Era Artificial*.

E pelo visto não estavam exagerando porque, logo no início da segunda metade do século, uma nova descoberta fez com que quase tudo o que se sabia sobre o assunto parecesse ultrapassado.

Aconteceu em 2052, num laboratório no sudeste do Brasil, onde um grupo multinacional de cientistas do Projeto Gênesis, liderado por F.-Castell, realizava experiências ligadas à produção e propagação de antimatéria.

Num dos experimentos, alguns dos cientistas trabalhavam com pó de grafite quando descobriram, por acaso, um elemento ligeiramente diferenciado do padrão. Ao investigarem mais detidamente o novo elemento, verificaram que tinha a propriedade de, unindo-se a uma molécula de água, criar uma segunda molécula de água, que era na verdade uma réplica praticamente idêntica à original.

Batizado de C-33, era capaz de interagir tanto com orgânicos quanto com inorgânicos, deflagrando uma revolução no planeta ao abrir as portas para o processo de replicação mineral, considerada pela comunidade científica uma absoluta impossibilidade.

Dessa descoberta resultaram outras. Em função disso, o grupo de cientistas passou a receber apoio financeiro das maiores potências mundiais, intensificando sua atuação multinacional. Os resultados do alto investimento não foram em vão, como sabemos. Nos últimos anos, a fabricação de clones perfeitos de humanos e animais, que já rendia verdadeiras fortunas aos patrocinadores do projeto, estendeu sua atuação à replicação mineral, apontando finalmente para a solução de problemas climáticos em diversas partes do mundo.

Nada do que foi realizado até agora, porém, se equipara ao novo experimento do Projeto Gênesis, anunciado recentemente por Castell: a criação de uma ilha artificial, flutuante, no litoral do Brasil, a alguns quilômetros da cidade do Rio de Janeiro.

Boa parte da comunidade científica, ao tomar conhecimento do esboço do projeto, atacou com veemência a ideia, dizendo tratar-se de mera jogada publicitária, visando apenas a interesses comerciais e, sobretudo, políticos por parte dos países financiadores. "A construção dessa ilha artificial, como está no esboço do projeto, é um acinte ao rigor científico! O princípio em si já é um grande disparate: o uso do C-33 para replicação de parte do litoral da cidade do Rio de Janeiro. Isso não é possível com a tecnologia que temos hoje e duvido que seja possível no futuro", afirmou Glauco Karpós, diretor do Instituto Brasileiro Gregor Mendel.

"Estão brincando de Deus", disse o diretor, repetindo uma frase que remonta há mais de um século.

Catarina recosta-se na cadeira. Estava com o tronco inclinado, o rosto bem perto das páginas onde leu as frases que a jogaram para trás.
"Você está bem?"
"Não. Aceito a água."

༄

Clara está onde a janela a deixou. Encostada à parede da igreja, vê no céu uma pipa. Quem seria o louco do outro lado da linha? Não há de durar muito a brincadeira, o papel já deve estar se desmanchando e da pipa restará apenas a frágil armação.

Por um instante se esquece da Bíblia que ainda traz nos braços, a Bíblia de Bernardo, e se concentra em imaginar o que aconteceria se a linha se rompesse e a pipa ficasse à deriva.

Para onde o vento a levaria? Quem sabe fosse apanhada por uma corrente de ar e em vez de cair na terra vagasse mais um pouco até deixar os limites da ilha, e dali encontrasse outra corrente que a levasse ainda mais longe, até finalmente tombar nas águas do continente?

E se ao cair fosse levada pelas ondas até a praia, onde um homem a tomaria nas mãos? E se este homem não soubesse o que era uma pipa, o que acharia daquilo? Que mistérios invadiriam sua cabeça nessa hora – de onde veio isso, para que serve? Ou, ainda, se o homem soubesse o que é – até sabia fazê-las – e olhasse para aquela com ar interrogativo, tentando entender por que fora parar naquela praia.

Talvez este homem considerasse a hipótese de ser uma mensagem, por que não? Ele descobriria na armação da pipa ou no que sobrara do papel algum detalhe, uma marca qualquer na madeira ou uma letra que tivesse sido gravada no papel. Ele veria algo ali e perguntaria: o que estão querendo nos dizer?

E se o homem tivesse ouvido falar de uma ilha possível, nascida da areia que ele estava pisando, uma parte que se soltou do continente e seguiu mar afora? Ele então poderia supor que a pipa teria vindo de lá, teria partido da ilha para o continente, fazendo a longa viagem que a própria ilha teria feito um dia, em sentido inverso. Vivia divagando sobre a ilha do outro lado, no meio do mar, e sem mais nem menos uma parte dela, ou algo nascido dela, uma brincadeira de criança, vinha avisá-lo de que a ilha talvez não fosse apenas uma lenda.

Clara vê a pipa se distanciar cada vez mais, até sumir de vista, e lembra-se do sonho que teve na última noite. Já está acostumada, desde pequena, a sonhar coisas que acaba encontrando depois na vida real, disfarçadas ou não, e se pergunta se algum dia já não teria sonhado com a pipa que acaba de ver sumir.

Jamais contava seus sonhos e agora queria contar cada um deles a Bernardo. Quando ele voltar, ela diz consigo mesma, vou contar o último, o sonho da ilha ao contrário.

Ela caminhava pela ilha – esta, a sua – de uma extremidade a outra. Saíra da praia atrás da Lagoa (antigamente seu nome era Leblon, não se sabe o motivo, hoje chamamos de praia da Ponta).

Saíra dali, de um dos extremos da ilha, e caminhara por toda a orla até a outra ponta, onde fica o terraço com a caravela de Pepe. Durante todo o caminho não sentia cansaço, caminhava sem pisar no chão, seu corpo andava suspenso a poucos centímetros do solo e ela achava isso muito natural.

Ao final da ilha voltava a caminhar, mas sob as águas. Seu desejo era realizar um projeto antigo: ver como era a ilha por baixo, na parte submersa que não se encontra com o fundo do oceano.

Ela entrava no mar e de repente estava embaixo da ilha. Olhava para cima e via não um pedaço de terra ou rochas. Com susto, com uma súbita vertigem, Clara enxergava a própria cidade, de cabeça para baixo. A cidade invertida. Lá estava o mercado, o convento, o sobrado, o cais, as ruas e praças, tudo de ponta-cabeça, como se fosse a ilha refletida num espelho.

A imagem era uma revelação que ela não poderia guardar apenas para si mesma, precisava subir e contar a verdade a todos, começando por Bernardo: existe uma outra cidade, igualzinha à nossa, colada na nossa, na parte de baixo! Ali as pessoas retiram oxigênio não do ar mas da água, e vivem uma vida normal, plantam, colhem, fazem festas, rezam na igreja dos franciscanos, vão ao sobrado atrás das mulheres, soltam pipas, tudo de cabeça para baixo.

A vida corre normal, só que ao contrário. À ilha invertida também chegaram garrafas com mapas. Também ali, no terraço da ponta leste, há uma caravela sendo preparada para partir (porque lá também acreditam no continente e acham que as garrafas vieram de lá).

Ela precisava contar tudo e por isso subia afoita, movendo braços e pernas, querendo a todo custo chegar à superfície, e à medida que ia subindo percebia que a ilha de baixo se desmanchava aos poucos. Passava por uma parte da ilha e essa parte se desfazia, numa braçada avançava mar acima, via o convento e depois o convento já não existia, tampouco o sobrado em frente. Catarina estava sentada diante da caravela e agora já não há calçada, cadeira nem Catarina, e da caravela nem sinal.

Clara se lembra bem do sonho, da angústia de ver a ilha de baixo sumindo diante dos seus olhos, e da sensação de que o mar não acabava nunca, morreria afogada sem contar a verdade a ninguém. Até que finalmente chegava à praia, corria pela areia, subia até o terraço e parava, olhando de frente sua própria cidade e perguntando: o que é mesmo que eu preciso contar pra eles?

∽

Pepe retorna com o copo d'água, que Catarina bebe de uma vez. Depois senta-se ao lado dela, os papéis sobre a mesa.

"Preciso te dizer uma coisa."

Ela mal respira, a mão suspensa no ar, segurando o copo, esperando a próxima fala de Pepe.

"O cataclisma, a tragédia que algumas pessoas chamam de dilúvio, pode ser que nada disso tenha acontecido de verdade."

"E como foi que apareceu a ilha?"

Ele faz uma pausa.

"Acho melhor você mesma descobrir. Termina de ler."

Pois se renomados cientistas duvidaram da viabilidade do projeto, que não passaria de fantasia de lunáticos ou de estratégia política, alguns escritores perceberam o filão que nascia com a simples divulgação da ideia de criar uma ilha artificial usando como matriz parte do litoral carioca.

Logo o mercado editorial foi invadido por romances de ficção científica passados na ilha, com tramas que iam além da proposta de F.-Castell anunciada em sua entrevista e detalhada mais tarde nos artigos publicados em nome do grupo de cientistas.

Dentre os lançamentos, o mais comentado é o último romance de P. D. Deckard, *O Projeto Gênesis*. Desta vez Deckard não situou a história num futuro distante, com cenários e personagens exóticos, como é sua marca registrada. No novo livro, o autor partiu de dados concretos do presente e simulou o que pode acontecer com o planeta num futuro próximo. Parte da crítica viu nisso uma prova da vitalidade criativa do autor, considerado por muitos em franca decadência.

O que tem causado polêmica, no entanto, não é exatamente o fato de o romance recriar ficcionalmente pessoas reais, muitas delas bem conhecidas. A confusão se instaurou quando o escritor sugeriu, através do romance, que o mais importante e milionário empreendimento científico do século XXI está com os dias contados.

Na história de Deckard, a equipe do Projeto Gênesis cria a ilha artificial. O C-33 é o elemento central do processo de replicação de um pedaço do litoral do Rio de Janeiro, exatamente como na proposta de Castell na vida real. A ilha é paradisíaca, um cenário idílico que nos leva a uma viagem pela América antes do descobrimento, com praias intocadas, densas florestas tropicais, ar puro, habitada por pacatos cidadãos e por uma ordem franciscana, em cujo convento está a única biblioteca da cidade, com registros esparsos do que teria acontecido no passado.

Até aí, o romance é apenas uma paráfrase dos planos da equipe responsável pelo Projeto Gênesis. A criatividade do escritor começa a se mostrar quando o leitor toma conhecimento de que a ilha artificial é povoada por clones, criados exclusivamente para este fim, com características praticamente idênticas às do ser humano comum e com memórias implantadas.

Os primeiros habitantes da ilha são, na sua maioria, clones com idade entre 25 e 40 anos, que antes de embarcarem são submetidos a cirurgias de implante de memória. Com os adultos, são levadas algumas crianças, também submetidas às cirurgias, e até clones recém-nascidos, formando um ambiente familiar criado artificialmente.

Na memória dos clones, são implantadas lembranças de um cataclisma, que teria causado uma grande fissura no continente, gerando a ilha flutuante habitada por eles, que se veem como os responsáveis pela reconstrução da cidade, a partir do pouco que sobrou dela. Caberia aos adultos, portanto, no auge de sua força produtiva, refazer a cidade do Rio de Janeiro e transmitir a seus filhos, os que já estão lá e os que ainda vão nascer, a "verdade" sobre a história da ilha.

Sem que tenham consciência disso, os habitantes são monitorados durante décadas, graças a uma tecnologia que mistura satélites e nanotransmissores de última geração, capazes de enviar sons e imagens da ilha para a central localizada no laboratório do Projeto Gênesis. Dessa forma, os cientistas podem observar o modo como se comportam homens e mulheres de diferentes faixas etárias num mundo sem violência e sem poluição. E também sem nenhum contato com o exterior.

A ideia, segundo os criadores da ilha artificial, seria aproveitar a experiência para recolher dados que pudessem ajudar no enfrentamento de problemas crônicos do mundo atual.

Para tornar ainda mais convincente a cidade em que vivem, os ilhéus são levados a acreditar, não apenas em função das memórias implantadas mas também por uma série de indícios forjados pelos cientistas do Projeto, na versão de que um dia teriam feito parte do continente, perdido no fundo do mar.

De fato vieram do continente, porém sob a forma de moléculas-base, de onde foi criada, como réplica, a ilha em que vivem. A tese do cataclisma serve como uma explicação plausível, confortando-os e injetando neles um sopro de esperança, necessário para que vivam dentro de um mínimo de normalidade.

Em entrevistas, Deckard afirmou mais de uma vez que o romance foi escrito a partir de uma extensa e minuciosa pesquisa, tanto no campo da ciência quando no da história.

Isso fica claro quando o romance recria, pelo viés da ficção, uma utopia formulada pelo antropólogo Will Glass no livro *A Cidade Ideal*, publicado em 2031. Logo depois, portanto, de as grandes potências mundiais anunciarem estado de calamidade pública, diante da iminência do caos provocado sobretudo pelos fenômenos de superpopulação, inversões climáticas e escassez de combustível.

O planeta estava à beira do colapso e nesse período de crise foi publicada a obra do antropólogo, que de certa forma serviu como catalisador de uma onda de teorias semelhantes espalhadas pelos quatro cantos do mundo.

A tese de Glass era essencialmente simples. Diante do quadro calamitoso, a única saída seria utilizar as conquistas tecnológicas para criar uma cidade artificial, termicamente isolada do restante do planeta e na qual seriam colocadas poucas pessoas, escolhidas para começar uma nova sociedade. O autor não chega a afirmar de modo explícito, mas sua teoria foi interpretada por alguns estudiosos como a sugestão de que essa pequena população inicial da Cidade Ideal poderia também servir a experimentos genéticos.

Felizmente não foi preciso apelar para tanto, e o planeta, bem ou mal, sobreviveu. Os historiadores costumam definir a obra de Glass como resultado de uma histeria coletiva, compreensível em crises tão intensas.

Embora pareça ter sido apenas um delírio de alucinados, a utopia da Cidade Ideal pode ter permanecido, pulsando silenciosa no imaginário de indivíduos, grupos, pequenas seitas e, por que não, no de um seleto grupo de cientistas.

Pelo menos é isso o que lemos no romance de P. D. Deckard, narrado por nada menos que um dos mentores do Projeto Gênesis e que no romance não tem seu nome revelado, talvez por receio do autor em relação às repercussões que isso poderia causar.

No romance, a criação da ilha artificial é a tentativa de resgatar o projeto de Glass, criando agora, de forma concreta e definitiva, a Cidade Ideal, habitada não por seres humanos comuns mas por clones.

Tal suposição, mesmo sendo assumida como ficção, já seria o bastante para fomentar acirradas discussões. O romancista, no entanto, não para por aí.

A certa altura, os personagens começam a desaparecer! Desaparecem no ar, sem deixar vestígios! E se o leitor acha que já se espantou o bastante, não sabe o que está por vir: não apenas personagens, cenários também somem num passe de mágica. A ilha toda está sumindo de repente. Ao mesmo tempo que se dão os fantásticos desaparecimentos, descobre-se também que a ilha está se movendo em alta velocidade na direção do continente de onde foi gerada.

É certo que tudo isso irritou os cientistas e, claro, os financiadores do Projeto Gênesis, o de verdade, que entenderam o romance como uma piada de mau gosto. Apesar disso, a polêmica não teria por que se estender tanto. Afinal, como afirmou Castell, em tom debochado: "é apenas um romance".

O motivo para tanta polêmica em torno do livro de P. D. Deckard não está no modo como o autor cria um perfil nada lisonjeiro do Projeto Gênesis. A causa seria outra: a suspeita de que o escritor não estaria fantasiando tanto quanto parece à primeira vista.

As descrições são tão minuciosas e convincentes que levaram os próprios cientistas do Projeto a acreditar que Deckard teve acesso a dados confidenciais, que teria utilizado na escrita do romance. Noutras palavras, o que soa como tola ficção pode ser apenas o futuro, em vias de se tornar realidade.

A certa altura, o narrador relata um incidente ocorrido no laboratório principal do Projeto, durante o processo de replicação de determinado fungo, uma espécie praticamente em extinção que os cientistas responsáveis pela experiência estariam tentando preservar. Ao ser colocado em contato com o fungo, o núcleo do C-33 criou uma réplica do fungo e também um inesperado campo magnético, capaz de

"Cadê a continuação, Pepe? A frase acaba no meio!"
"É, eu sei."
"E onde está o resto?"
"As folhas foram arrancadas, dá pra ver pelas ranhuras na margem esquerda. Alguém arrancou e jogou no baú."
"Mas precisamos saber como continua!"
"A continuação não é o mais importante, Catarina. Quem colocou isso aí dentro deve ter tido seus motivos pra colocar apenas uma parte da notícia. Poderia ter deixado a notícia inteira. Acho que a pessoa queria chamar a atenção pra outra coisa, esta sim fundamental. É provável que o restante fosse acabar nos desviando daquilo que realmente interessa."
"O livro."
"Exato. O romance. A notícia fala do romance, diz que ele de algum modo mistura ficção e realidade. Essa é a informação que a pessoa quis passar, que o autor do romance já sabia de tudo o que iria acontecer, não porque tivesse adivinhado mas porque teve acesso a informações sigilosas do Projeto Gênesis real."
"O que está acontecendo na ilha estava escrito no romance. E também o que vai acontecer ainda."
"É possível."
"Se entendi direito, a pessoa deixou esse trecho da notícia no baú pra nos dizer que o romance não era tão fictício quanto parecia, e que se quiséssemos saber a verdade sobre a ilha bastaria ler a história desse tal de Deckard."
"Certo."

"Mas nesse caso a pessoa também deveria ter deixado o romance dentro do baú."

"Foi exatamente o que ela fez. O romance estava no baú."

"*Estava?* Eu ouvi bem?"

"Alguém viu o baú antes de nós."

"O Andador! Você acha que ele está metido nessa história?"

"Nosso amigo não contou toda a verdade, Catarina. Depois que o Andador deixou o baú comigo e analisei o que tinha dentro, quis conversar um pouco com ele. Queria saber mais detalhes, onde exatamente tinha encontrado aquilo, em que parte da gruta, se havia outras coisas por perto, algum destroço, por exemplo."

"O baú teria caído de um navio."

"É uma hipótese pouco provável. Se tivesse acontecido um naufrágio alguém já teria encontrado vestígios, mesmo assim eu queria saber, precisava de mais detalhes e por isso procurei o Andador. Não tenho saído de casa nos últimos anos, você sabe, mas dessa vez saí pela cidade, fui atrás dele."

"Ele gosta de ficar na Lagoa, vendo a ilha que tem lá dentro. E gosta do convento também, de conversar com Bernardo."

"Eu sei. Foi no convento que o encontrei. Ele estava saindo da biblioteca."

"O Bernardo é ajudante do bibliotecário, por isso o Andador estava na biblioteca."

"Quando ele me viu se assustou, como se estivesse fazendo alguma coisa errada. Fui na sua direção, ele desviou e saiu andando rápido."

"Ele fugiu de você?"

"Fugiu. No outro dia o procurei de novo e quando o vi não deixei que escapasse. Conversamos um pouco, perguntei o que precisava perguntar e ele me respondeu daquele jeito que você sabe."

"Sei."

"No meio do que ele falava, fiquei com a impressão de que estava me dizendo alguma coisa em código. Lembro que ele me perguntou umas duas ou três vezes se eu queria ouvir uma história."

"Ele sempre pergunta isso."

"Respondi que sim, queria muito ouvir, mas ele não contava, mudava de assunto."

"Ou estava contando do jeito dele."

"Ele falou em espelho, de sonhos com espelhos, chegou a contar alguns."

"Espelhos, imagens duplicadas. Clones. É isso?"

"Acho que sim."

"Então ele leu a notícia."

"Não apenas a notícia. O Andador leu o romance, *O Projeto Gênesis*. E levou o romance com ele."

"E por que você não o procurou depois, não fez a pergunta direta?"

"Eu tentei, claro, mas não adiantou. Naquele dia mesmo fui atrás dele. Estava no terraço da caravela e nem quis falar comigo. Ficou me ouvindo, calado, fazendo carinho no cachorro."

"Ramon."

"Só fui vê-lo depois quando apareceu aqui, pra pegar a garrafa."

"Nunca vamos saber onde está o romance."

"Talvez tenha um jeito. Não acredito que o Andador fique carregando o livro pra cima e pra baixo. Ele deve ter escondido em algum lugar. E se escondeu mesmo, acho que sei onde foi."

"Onde?"

"Justamente no lugar de onde estava saindo naquele dia, com cara de culpado."

"Na biblioteca."

12

"Era outra vez um grupo de cientistas num laboratório. Eles estavam encantados com aquilo, o novo elemento, um alotrópico do carbono, misturavam o C-33 com outros elementos e iam criando espelhos, que maravilha, vários espelhos, cada um mais perfeito do que o outro. Só que alguma coisa começou a dar errado, Ramon, pois é. Os cientistas muito inteligentes descobriram uma propriedade do C-33 que não era nada boa, não senhor, aquilo tinha ficado perigoso e não dava pra sair quebrando os espelhos que eles tinham feito, se fizessem isso seria vidro pra todo lado, não mesmo! Só existia um jeito de consertar o erro, só um único jeito: inventar o antiespelho. Já te ensinei isso, Einstein, Dirac, antimatéria, se existe espelho existe o antiespelho etc. Pois não é que os danados dos cientistas, depois de terem aprendido a fazer espelhos, aprenderam também a fazer antiespelhos? É verdade. E aí viveram felizes para sempre, estava tudo resolvido, ou quase tudo, está me ouvindo, Ramon?"

Ramon não está ouvindo nem vendo nada, os olhos fechados. O pobre está fraco demais, doente, o Andador deveria ter notado isso, que o cachorro não está bem.

Ou talvez saiba perfeitamente o que está acontecendo com seu amigo e finja que não, pode ser uma forma de viver com a possibilidade de no dia seguinte ou ainda hoje não ter mais ao seu lado o velho companheiro, desaparecendo não como as pessoas têm desaparecido, sumindo no ar – o número já cresceu bastante

–, mas como somem os cães e tudo o que está vivo, sumindo porque morrem.

O Andador acaricia a cabeça de Ramon, os ossos que poderíamos sentir se estivéssemos dentro da cena e pudéssemos fazer um carinho igual.

"Não, Ramon, eu não tenho culpa. Você está com fome? Já te dei comida hoje, seu mal-agradecido, você é que não quis comer. Vou te contar uma história, que tal? É a história de um cachorro que viajava num barco com seu dono, só os dois navegando pelo mar até encontrarem uma ilha deserta. Quando desembarcaram, o cachorro, que por coincidência também se chamava Ramon, viu logo uma coisa que o deixou maluco, mais do que já era: uma árvore frutífera, quer dizer, uma árvore ossífera, com um punhado de ossos suculentos pendurados nos galhos. Era uma árvore baixinha e o cachorro nem precisava saltar pra alcançar os ossos, era só erguer o pescoço e nhac!, que bela mordida. Depois que cansou de comer, o cachorro chamado Ramon tirou um cochilo e depois acordou e nadou no mar que ele adorava e de noite seu dono fez uma fogueira na praia. No dia seguinte, de manhãzinha, o dono disse: vai, Ramon, vai conhecer sua ilha, e aqui termina a história do cachorro Ramon e a ilha de mesmo nome."

Ramon não parece ter ligado muito para a história de que é protagonista, inventada por seu dono enquanto descansam na calçada.

"Você acha que eu sou louco, Ramon, acha? É porque você não sabe da história de uns cientistas aí, ha, se soubesse, haha, tem um que fez uma experiência com uns colegas seus, verdade, uns cachorros muito antigos, foi no começo do século XX, o cientista se chamava MagDougall e queria medir o peso da alma. O doutor chegou à conclusão de que a alma pesa 21 gramas, um pouco mais um pouco menos, e também provou que os animais não têm alma. É aí que os seus colegas entram na história, o cientista pesou um grupo de cachorros vivos e anotou o peso de cada um. Depois que eles morreram, ele pesou de novo e conferiu que os pesos não mudaram, os cachorros não ganhavam peso depois de mortos, o que acontecia com os humanos, 21 gramas, logo o cientista concluiu que cachorro não tem alma. Pelo menos você não vai engordar mais ainda depois de morto, não é?, menos mal, haha."

O Andador para de rir e olha sério para algo à sua frente, algo que não podemos ver daqui.

"Prometi trazer você ao mercado e trouxe, não foi? Você não pode dizer que não cumpro minhas promessas. Eu era uma nuvem que fazia sombra sobre o cachorro Ramon, estava muito quente, um sol forte demais, eu era uma nuvem que parava só em cima do Ramon pra refrescar o couro dele, a cabeça doidinha dele. Não está bom não? Você preferia que eu fosse um bife, seu ingrato? Tudo bem, eu era um bife e estava à disposição, sim, senhor Ramon, fui criado pra ser devorado por vossa senhoria, vossa cachorraria, vossa santidade, divindade, sumidade, sumida mesmo. Mas eu estava dizendo, prometi trazer você ao mercado, você apontou esse focinho imundo na direção do mercado e depois já foi mexendo essas patinhas gordas, e aí eu disse certo, Ramon, levo você. E trouxe, não trouxe? Agora me diz, me responde com toda a sinceridade, seu cachorro inexistente, me responde: tenho culpa se o mercado não está mais aqui? Sempre esteve, desde que me entendo por gente e desde que você se entende por cachorro o mercado esteve aí, com as barracas e tudo mais, as frutas, o vento, a moça do Bernardo, a bela moça do Bernardo, e o Bernardo, os legumes, peixes, e também com o céu em cima de tudo isso, o céu pelo menos ainda está lá, só me faltava essa, o céu sumir também! Tenho culpa de o mercado não estar no lugar dele, Ramon? Fala, seu cachorro falso, gorducho, lindo, cachorrinho lindo, não vai embora não."

∽

Lá vão eles, Pepe e Catarina, pelas ruas da ilha, enquanto há ruas e ilha. Passam pelo terraço e veem a caravela de Pepe – todos se referem a ela desse jeito, num reconhecimento ao criador, embora o criador não se sinta nem um pouco lisonjeado com a homenagem.

Se ele e Catarina chegassem mais perto, saberiam, pela conversa dos homens, que um terço da população já não existe, sumiu junto com ruas, praças e parte do convento.

Saberiam também que aqueles homens estão terminando a reforma no navio e pretendem partir na manhã seguinte, na alvorada, por sorte o mercado só desapareceu depois de terem colocado na caravela todas as provisões (alguém sugeriu que não teria sido apenas sorte).

Catarina e Pepe continuam seu caminho, meio atarantados como todos nós, quer dizer, eu e você não, ou pelo menos *você* não, eu de minha parte confesso que já não sei até onde irei chegar nessa história, se também posso, como os outros, sumir de repente. Pepe tem a impressão de estar sendo seguido. Isso tem acontecido com frequência nos últimos dias, a sensação de que alguém o espiona. Ele vira-se para trás e, como das outras vezes, não vê ninguém.

"Projeto Gênesis", diz Catarina, olhando para o chão.

Ele não fala nada, apenas caminha sob o sol que queima a ilha quase deserta.

"Pepe."

"Diga."

"A ilha, esta ilha aqui, onde nós estamos, eu, você e todos os outros, é uma ilha de mentira?"

"Claro que não."

"Eles falaram de réplicas, de cópias de humanos. E ilha artificial."

"Você está me vendo, não está? Pode me tocar, não pode?"

Caminham devagar, os dois agora de cabeça baixa, Catarina observando as pedras da rua, um pouco de mato entre elas. Gostaria de fazer uma pergunta mas percebe que Pepe não quer ser incomodado. Vira rapidamente o rosto e vê sua expressão tensa. Não deve importuná-lo, ele certamente vai chegar a uma resposta para tudo, é só esperar.

"Isso explica algumas coisas", ela diz, não conseguindo se conter.

"Hum."

"Por exemplo: explica por que nunca tivemos contato com ninguém. Os cientistas do continente não deixaram que ninguém chegasse perto da ilha, pra não descobrirmos nada."

"Não dá pra ter certeza se foi isso mesmo."

"Deckard não estava inventando, Pepe, ele tinha informações que as outras pessoas não tinham. A história que escreveu parecia loucura mas no futuro ia acontecer mesmo. Está acontecendo agora. Tudo o que ele escreveu no romance e que as pessoas achavam que era ficção científica está acontecendo de verdade."

"Pode ser."

Catarina para à frente de Pepe, esperando que ele diga mais alguma coisa. Ele apenas olha para ela, que corre até uma fonte e enfia a cabeça debaixo da água, jorrando da boca de um leão de pedra. Fica um bom tempo ali, se pudesse ficaria na fonte até tudo isso terminar, debaixo daquela água fresca que impede os sons de chegarem plenos a seus ouvidos, ficaria assim, ouvidos e olhos fechados para o mundo.

"Você sabe o que é campo magnético?", ele pergunta.

"O quê?", ela diz, ainda com a cabeça sob a água.

"Nada não, deixa pra lá."

∽

Estivesse aqui a gaivota que em outro capítulo nos levou por aí a passeio, estivesse aqui e nos levasse outra vez pelos ares da ilha, veríamos uma outra cidade, diferente da que tenho visto há tantos anos e você há algumas dezenas de páginas.

Agora, se começássemos o voo por onde começamos o outro, partindo do convento e seguindo pela orla, não avistaríamos o cais de Clara, que ainda não sabe disso, do súbito desaparecimento do único lugar onde se sentia à vontade para sonhar com lugares que não existem.

Desapareceu também o Arpoador, o grande bloco de pedra mergulhou no mar ou subiu aos céus ou evaporou como os recantos e as pessoas desaparecidos, como os frequentadores do bar no morro de Santa Teresa que já não ocupam as mesas na calçada (se já não há calçadas, ruas nem morro). A Lagoa, esta sim, permanece onde sempre esteve. O mesmo não se pode dizer da pequena ilha dentro dela, que foi embora sem dizer ou receber adeus, fazendo companhia à aleia de palmeiras.

A gaivota também não nos mostraria todo o conjunto de montanhas da orla do outro lado, que evaporou com seus rios e cachoeiras, nem os velhos Arcos, tão bonitos, nem eles restaram para contar a história (que história?).

Pelo simples fato de não estar aqui, a gaivota não nos leva a lugar nenhum, é verdade, mas se levasse, se estivesse novamente conosco ou nós com ela, veríamos como a fonte em que Catarina acabou de se refrescar não está mais lá. Estava há um segundo e quase esteve agora quando esse pobre senhor se abaixou e levou a mão em busca da água que parou de cair, saindo da fonte que parou de ser, restando apenas o senhor imóvel, o gesto no ar, interrompido.

O que podemos ver e posso lhe garantir que ainda não sumiu é esse beco úmido, as paredes escuras privadas de sol, um pouco de musgo dando às pedras do chão alguma maciez, acariciando os pés cansados do Andador.

Agora o homem e seu cão chegam à praia de Catarina, no mesmo ponto de onde ela nadava na primeira tarde da história. Naquele mesmo pedaço de areia o Andador caminha, Ramon no colo, olhos fechados, sem ver o que vemos: o mar calmo, indiferente ao que se dá na ilha dentro dele, e os rochedos da gruta do velho trem (quando irá sumir?).

O Andador entra na água, as ondas batendo nas canelas, nos joelhos mal cobertos pela calça rasgada, e banha seu cão segurando-o nos braços suspensos, deixando que a água o molhe por inteiro. Depois sacode Ramon como os cães molhados fazem quando podem fazê-lo, querendo recuperar o irrecuperável.

A gaivota não esteve e não está conosco e apenas por isso não nos leva de volta ao céu, de onde não vemos nem o Andador nem Ramon, não porque já não estejam lá (quem há de saber se ainda estão?) mas porque o passeio é outro e em vez da praia de Catarina sobrevoamos a própria Catarina, lá embaixo, subindo a ladeira do convento.

Sobem ela e Pepe na tarde quente, ele se apoiando num pedaço de pau, um galho de árvore que pegou no caminho para fazer as vezes de cajado e lhe empresta um ar de profeta recém-saído de uma página da Bíblia.

A gaivota ausente não nos deixa lá embaixo, com Pepe e Catarina, sobe novamente, num último voo sobre a ilha – apenas para nos fazer um derradeiro agrado ou para nos mostrar que o desenho já não é o mesmo. Se fosse necessário fazer um mapa, não seria igual àquele que vimos algumas vezes nesta história. Aquele era um tanto grosseiro mas fiel ao que era a cidade, caía sobre ela como um véu bem colocado, hoje não caberia mais, ficaria enorme, sobrando nas pontas, uma roupa que não serviria no nosso corpo cada vez mais magro, este que vemos agora, ou não vemos, tanto faz.

13

"Tem uma hora no texto, na notícia, em que o autor fala de antimatéria. O que é isso?"

"Quer mesmo saber?"

"Quero."

Pepe caminha até a calçada e senta-se aos pés do flamboaiã, notando – como não haveria de notar? – que havia outros por ali. Ele sempre gostou desse trecho, era bonito ver a fileira de árvores com suas flores vermelhas. Depois que se isolou em casa, não as viu mais (tenta se lembrar das partes da ilha de que não teve tempo de se despedir).

"Melhor sentar também."

Catarina senta-se ao seu lado, os dois à sombra.

"Lembra que você me perguntou uma vez, quando a gente se encontrou na caravela, por que foi que eu resolvi me trancar em casa?"

"Lembro. Você disse que tinha descoberto uma coisa. E era meio complicada e você ia me explicar depois."

"O que descobri tem a ver com isso, antimatéria."

"Verdade?"

"Não precisa levantar, Catarina."

"O que você descobriu?"

"Você disse que Bernardo te ensinava o que eu ensinava pra ele."

"Um pouco, pelo menos."

"Ele deve ter ensinado que tudo o que existe no mundo é matéria. Essa árvore, a calçada, você, eu, e também a água, a luz, o ar."

"O ar?"

"O ar também. Nem toda matéria é visível."

Ela se lembra da vez em que mergulhava e cogitou fazer uma lista das coisas que não via e apesar disso existiam.

"Toda matéria é feita de partículas."

"Sei. Moléculas, átomos."

"Isso mesmo. No século XX um cientista chamado Dirac chegou à conclusão de que toda partícula tem o seu contrário, uma *anti*partícula. A antipartícula é idêntica à outra, só que com a carga elétrica trocada. Você sabe que os elétrons são partículas de carga negativa e os prótons, de carga positiva. Dirac afirmou que existem elétrons positivos e prótons negativos. E que, assim como existem planetas, estrelas e homens, existiriam também antiplanetas, antiestrelas e anti-homens."

"As pessoas devem ter achado que ele era maluco."

"Não chegou a tanto, mas muita gente duvidou dele."

"Então se eu juntar dois antiátomos de hidrogênio com um antiátomo de oxigênio vou ter uma antiágua?"

"Sim, se você souber onde encontrar os antiátomos de hidrogênio e oxigênio. A matéria está por aí, na natureza, mas a antimatéria não."

"E onde está?"

"Esse é o problema. Os cientistas descobriram que boa parte da nebulosa de Andrômeda era composta de antimatéria e que as erupções solares que acontecem, ou aconteciam, regularmente a cada dois dias produziam antimatéria em grande quantidade. Agora, cá entre nós, não é nada fácil buscar antimatéria em Andrômeda ou no sol, concorda? Então os cientistas fizeram uma coisa realmente fabulosa: eles *criaram* antimatéria."

"Criaram como? Onde?"

"Em laboratório. No começo era uma produção muito pequena e caríssima. Através da colisão de íons de ouro conseguiram criar núcleos atômicos de antimatéria. Depois foram evoluindo e chegaram a antiátomos de hidrogênio e deutério. Com aceleradores de partículas cada vez mais avançados chegaram ao anti-hélio. E foram adiante."

"Mas por que era tão importante criar antimatéria?"

"Energia."

"Energia?"

"Você sabe o que acontece quando matéria e antimatéria se encontram?"

"Não."

"Uma elimina a outra."

Catarina respira fundo, já adivinhando o que virá a seguir. Sente o impulso de se adiantar à fala de Pepe mas apenas espera.

"Quando matéria e antimatéria se chocam, acontece uma explosão que elimina as duas. E essa explosão gera uma energia altíssima. Quer dizer, quando conseguiram fabricar antimatéria em laboratório em quantidade considerável, os cientistas criaram uma fonte de energia muito, muito poderosa, que foi usada principalmente como combustível de foguetes e naves interplanetárias. Mas poderia servir também para outros fins, menos pacíficos."

"Bombas."

"Sim, bombas."

Ela se lembra do dia em que viu perto dos rochedos a primeira garrafa e teve medo – poderia estar com uma bomba dentro. Não havia bomba mas se a garrafa carregasse antimatéria teria explodido.

"Você acha que as garrafas tinham antimatéria dentro delas, Pepe?"

"Não, não é desse jeito que funciona, não dá pra colocar antimatéria numa garrafa e jogar no mar. As garrafas estavam vazias. Ou quase."

"Estavam com os mapas."

"Tenho certeza de que o romance de Deckard diz alguma coisa a respeito. Você leu na notícia: quando descobriram o C-33, os cientistas do Projeto Gênesis estavam fazendo experimentos com antimatéria."

"Foi por isso que você resolveu se trancar em casa, pra estudar essas coisas todas. Você descobriu que os cientistas do continente aprenderam a fabricar antimatéria."

"Não, isso eu já sabia."

༄

Destas cidades restará somente o vento que as atravessa.

A frase me veio agora, saltando dos dedos para o papel. Não é minha, eu a li em algum dos livros da biblioteca que ainda resiste, não sei até quando. Estava num poema.

A frase, ou o verso, veio à minha memória por conta do que a janela nos mostra: o vento balançando os galhos do flamboaiã e levando até Pepe e Catarina um gosto de maresia.

"Depois que aprenderam a criar antimatéria em laboratório, os cientistas desenvolveram uma técnica que evita a liberação de energia no choque entre a antimatéria e a matéria."

"Por quê? Você mesmo disse que eles queriam produzir energia."

"Queriam. E queriam mais do que isso. Quando descobriram o C-33, os cientistas do Projeto Gênesis fizeram coisas que você nem pode imaginar. Eles dominavam técnicas de replicação animal e mineral, eram capazes de replicar uma pessoa! E pedras, rios! Tudo podia ser copiado. Mas e se de repente algo não desse certo?"

"Como assim?"

"Quando você faz certas experiências, corre sempre o risco de algo sair dos planos. Em alguns casos, você pode corrigir as falhas, mas noutros não tem conserto. Aí é preciso eliminar o que você criou."

"É como naquela história do cientista que criou um homem com pedaços de pessoas mortas. Depois o homem virou um monstro e o cientista teve que matá-lo. Era um romance, não era de verdade."

"Pois é disso que estou falando. A história desse romance não é muito diferente do que acontece na vida real. Os cientistas não iriam se arriscar a criar algo tão poderoso sem pensar num antídoto."

"Um antídoto. Que loucura."

"É como eu te disse, quando matéria e antimatéria se encontram não sobra nada. Imagina então que algum clone, alguma réplica fuja do controle, que apareça com algum defeito, colocando em perigo as pessoas ou algo assim, você vai precisar de uma boa quantidade de antiátomos de C-33 pra eliminar essa réplica. E ao explodir a réplica o resultado pode ser terrível. Agora imagina se for preciso eliminar algo de massa considerável."

"Uma ilha, por exemplo."

Ele faz uma pausa e olha para ela, em silêncio. Depois continua, escolhendo as palavras.

"Se quisessem eliminar a réplica de uma ilha sem criar maiores problemas, seria preciso achar uma solução diferente, não poderiam simplesmente explodir a ilha porque essa explosão afetaria o mundo todo."

"Então foi isso, você descobriu que os cientistas do continente acharam um jeito de destruir a antimatéria sem explosão nenhuma."

"Foi, Catarina. E foi por isso que resolvi me isolar, queria entender melhor toda essa história."

"E entendeu?"

"Não tenho dados suficientes pra entender tudo, não sei exatamente como os cientistas conseguiram mas sei que eles desenvolveram uma técnica de criar antimatéria com carga neutra. Isso resolvia o problema. Quando um antiátomo neutro de C-33

se chocasse com um átomo de C-33, não haveria liberação de energia, matéria e antimatéria simplesmente desapareceriam no ar, sem explosão."
"E como eles iriam fazer pra provocar esse choque?"
"Ondas radioativas. Ondas que não podem ser vistas a olho nu. Eles criaram ondas radioativas de antimatéria neutra, mais exatamente de antiátomos neutros de C-33. Se alguma coisa saísse do previsto, a solução seria enviar essas ondas na direção dos clones e tudo desapareceria. Sem luz, som, sem nada."
Dessa vez Pepe não tem como evitar que Catarina se levante, agitada, e comece a andar à frente dele.
"É isso que está acontecendo, Pepe! A ilha é feita de C-33, as pessoas também, e os cientistas do continente estão apagando tudo com essas ondas!"
Ele se levanta e a abraça. Sente os soluços da menina, as lágrimas deixando marcas na sua camisa, a pequena Catarina que ele sente fechar os braços em torno dele, pedindo alguma palavra que desdiga tudo, revertendo o tempo e levando-os a outra história.
"Pode ser que eu esteja errado. Vamos, vamos andando. Precisamos encontrar o livro, o romance de Deckard. Sem ele é difícil ter certeza. Com ele também não teremos, não vai dar pra saber exatamente o que é invenção e o que é informação confidencial, mas pelo menos vamos chegar mais perto da verdade."
Catarina continua abraçada ao corpo de Pepe. Aos poucos se solta e prosseguem na caminhada.
Ela olha para ele quando ele olha para baixo. Se olhassem para a sua esquerda veriam uma bela paisagem, o azul do céu com o mesmo tom do azul do mar, os dois se misturando no cenário que a janela nos mostra, quem sabe pela última vez.

༄

A chuva passou e alguns pingos caem do beiral do telhado da igreja, molhando os pés de Clara. Ela acaba de se lembrar do sonho da ilha ao contrário. Vai contar o sonho a Bernardo mas apenas depois de ter dito o que precisa dizer.

Por que não partirem na manhã seguinte? Bernardo não teria problemas para embarcar, ninguém do navio ousaria negar um pedido desses a um franciscano, ou um noviço. Era menos provável que a aceitassem, sobretudo se houvesse no meio da tripulação alguma esposa ciumenta, de todo modo não custava tentar e ela confiava na boa vontade dos homens.

Clara olha para as nuvens ao fundo do cenário. Como seria estar sob elas, em alto-mar? Todos os sinais apontam para a existência do continente e se o mapa estiver certo o navio os levaria, a ela e Bernardo, para o novo mundo.

Está decidida, vai segurar as mãos do seu amado e lhe dizer que aceita, como no cântico que acaba de ler, aceita ir com ele, não é preciso avisar a ninguém nem preparar nada, basta uma palavra e serei sua – ela ensaia a frase que não será dita ainda porque Bernardo não volta sozinho. Vem acompanhado da menina que Clara conheceu há poucos dias, e do homem que ela não via há anos.

Bernardo conduz a todos para dentro da igreja. De novo a igreja, Clara nunca havia entrado ali e em poucos minutos é a segunda vez que o faz, agora não mais a sós com Bernardo. A fala ensaiada há pouco não resistirá por muito tempo, é preciso dizer logo cada uma de suas palavras antes que fiquem travadas para sempre.

Pepe conta toda a história, do baú, da notícia incompleta, das suspeitas e do romance que é preciso procurar. Clara ouve atentamente e encontra lugar no meio das surpresas para sentir uma ternura imensa por Catarina – onde estará amanhã, quando eu e meu amado estivermos em alto-mar, a bordo da caravela?

"Você quer ir também?", ela sussurra nos ouvidos de Catarina, que ouve e não entende de imediato, o entendimento vem logo depois, quando aperta com força a mão de Clara num gesto mudo, de agradecimento e em certa medida de resignação, Catarina sabe que não vai embarcar.

"Não, não pode ser, não dá pra fazer isso", diz Bernardo, agitado.

"Precisamos agir rápido."

"Pra quê? De que adianta entrar escondido na biblioteca? Mesmo que o romance esteja lá, não vai mudar nada, não vai trazer ninguém de volta, não vai evitar que mais gente desapareça."

Ele olha para Clara e sabe que seu futuro não está na biblioteca nem em nenhum lugar longe dos olhos dela. Poderia dizer que era esse o motivo da sua recusa, mas no fundo não era apenas isso, não havia jeito de mudarem nada, alguém estava escrevendo a história deles e todos não passavam de personagens tontos, batendo cabeça nas paredes em busca de uma saída.

"Pelo menos vamos ter uma explicação", diz Pepe, a mão no ombro do noviço.

Bernardo abaixa a cabeça. Depende dele o plano de Pepe, seu mentor (mestre, diria o Andador). A biblioteca estava fechada àquela hora, início de noite, mas para ele não seria difícil entrar.

"Não pode ser amanhã de manhã?"

"Não, tem que ser agora."

Ele caminha até a entrada da igreja e olha para a torre, mira bem a janela da biblioteca e fica ali, parado, meditando.

Volta logo depois e pergunta, o rosto voltado para Clara e Catarina:

"Vocês vêm também?"

Catarina acha a pergunta despropositada, é óbvio que vai com eles.

"Eu não vou", Clara diz, olhando nos olhos de Bernardo, "me procura mais tarde, hoje. Preciso te contar uma coisa."

"O quê?"

"Um sonho."

14

Não sei se no seu mundo ainda se usam velas. Por aqui são utilizadas com frequência e agora ocupam as mãos dos desesperados em vigília à porta da igreja, orando pelos que se foram e pelos que ainda estão por aqui – feito este velho solitário, em jejum há dias (quantos seriam?), rodeado de histórias e rabiscando palavras que talvez façam sentido para alguém, no futuro.

As velas de algum modo nos ligam ao além de nós, embora sejam usadas também para propósitos menos religiosos, criando sombras ambíguas nas alcovas nem sempre castas dos habitantes da ilha.

Certamente não é por um motivo nem por outro, nem pelo profano nem pelo sagrado, que as velas queimam nos castiçais carregados furtivamente pelos três personagens que vemos lá embaixo, aproximando-se pouco a pouco da escada, a mesma pela qual subi tantas vezes e já não subirei mais.

Devo confessar que me incomoda um pouco o que estamos vendo. Não deveria, eu sei, nada mais importa, nem livros nem biblioteca nem coisa alguma, daí ser ridículo esse mal-estar diante do gesto invasivo que se prepara diante dos meus olhos, mas sou levado a lhe confessar, constrangido, que uma dor fina me castiga o peito ao ver pessoas tão queridas traindo minha confiança, entrando sem permissão na biblioteca que mantenho e protejo com tanto amor, há tantos anos.

Se tivessem me procurado e conversado abertamente comigo, teríamos todos, eu e eles, sofrido um pouco menos. Não foi isso, no entanto, o que decidiram e agora sobem os últimos degraus, parando diante da porta cerrada a chave.

Bernardo sabe que não poderão entrar por aí, será preciso dar a volta e forçar um pouco a janela empenada, como faz agora, empurrando para cima o janelão de madeira e passando por ele num salto, seguido de Catarina. Pepe é grande e pesado demais para tanto esforço, Bernardo abre a porta por dentro, fechando-a logo depois de sua passagem.

Lá estão eles. Se fosse possível – no seu mundo é possível? – juntar tempos diferentes no mesmo espaço, eu diria a você outra frase: não *lá* mas *aqui* estão eles. Afinal, a biblioteca das duas cenas é a mesma. A mesma sala com paredes recobertas de prateleiras e livros que me cerca envolve também nossos três amigos na imagem mostrada pela janela, embora aqui haja ainda um pouco da luz do dia, final de tarde, enquanto lá o que se percebe é o breu da noite envolvendo os personagens e seus perfis bruxuleantes, variando conforme variam as chamas das velas.

Por obra e graça de mais uma das ironias que percorrem esse relato, Catarina coloca seu castiçal sobre a mesa em que escrevo agora. Estivéssemos juntos e talvez essas páginas se consumissem numa pequena fogueira, espalhando-se depois pela própria madeira da mesa, pelos papeis em volta, pelos livros logo em seguida, transformando num grande fogaréu o lugar onde passei a maior parte da vida, a biblioteca da torre, que abriga tantas aventuras e se vê prestes a incluir mais uma.

O que será revelado ainda não se pode dizer ao certo. O que, no entanto, os olhos atentos e um pouco perdidos procuram nas estantes já sabemos o que é. E digo a você, do alto de longas décadas cuidando desses livros, que será difícil encontrar o que procuram se não tiverem um plano. Pepe, aliás, já percebeu isso e pede aos dois que interrompam a procura aleatória.

"Onde vocês acham que o Andador esconderia o livro?"

"Pode ser em qualquer lugar", responde Bernardo.

"O Andador não raciocina como nós, Pepe", Catarina completa.

"Não como nós, mas raciocina. Se ele inventou toda essa história, se por algum motivo nos trouxe até aqui, não iria esconder o livro de qualquer jeito."

"Por que não?"

"Porque está jogando conosco. Vocês não percebem que foi ele quem armou tudo? Foi ele quem lançou as garrafas com os mapas."

"Como você pode ter certeza?"

"Primeiro ele encontrou o baú e antes de me entregar abriu e viu o que tinha dentro. O livro, o romance deve ter chamado sua atenção. Ele leu toda a história e por algum motivo que ainda desconhecemos teve a ideia das garrafas, que estavam no baú, como vocês sabem. Ele então copiou o mapa de uma das gravuras, enfiou numa das garrafas e a jogou no mar, perto dos rochedos."

"A gruta!"

"Sim, perto da gruta. Ele sabia que se jogasse a garrafa naquele lugar o mar iria levá-la até a praia e poderia chegar às mãos de um de vocês, que estão sempre por ali. Depois fez mais duas cópias do mapa, mudando o posicionamento da ilha, sugerindo que ela estava se deslocando na direção do continente, e lançou as outras garrafas, com os mapas dentro."

"E as frases do Gênesis?"

"As frases servem pra dar uma ordem aos mapas. Primeiro mapa, primeira frase. Segundo mapa, segunda frase. E no terceiro, a terceira frase. E fazem referência ao Projeto Gênesis, claro. Mas deve haver ainda outro motivo pra ter escolhido o Gênesis, não estou bem certo do que seja mas desconfio de que haja alguma outra razão que ainda vamos descobrir."

"Mas por que ele teria tramado toda essa história?"

A pergunta de Bernardo ecoa pela biblioteca sem resposta imediata, como muitas que circulam pelos ares da cidade nessa noite. Em vez de responder, Pepe apenas olha para Catarina.

"Vingança", ela diz.

Bernardo se aproxima e coloca o castiçal mais perto do rosto de Catarina, que visto assim, afogueado, lembra algumas das histórias assustadoras escondidas nos livros à minha volta.

"Vingança?"

"O Andador sempre pedia pra contar uma história. Aconteceu comigo, com você, com o Pepe, com todo mundo na ilha. Ninguém queria ouvir, ou ouviam só pra rir depois. Por isso ele contava histórias pro Ramon."

"Eu ouvia as histórias dele."

"Sempre, Bernardo?"

"Não, sempre não."

"Ele não contava histórias, contava uma história só, longa, longuíssima, a história da vida dele, ou do que ele achava que era a vida dele. Você não ouviu *algumas*, você ouviu alguns capítulos da mesma história, entendeu? Mas não ouviu todos. É como se tivesse lido um livro pulando páginas."

"E isso é motivo pra ele ter ficado tão chateado?"

"Se nem você, que é um frade, ou quase um frade, quis ouvir o que o Andador queria contar, imagina as outras pessoas. Acha isso pouco, querer contar uma coisa pra alguém e não ter ninguém pra ouvir direito?"

"O que você acha, Pepe?"

"Vingança talvez seja uma palavra um pouco forte, mas no restante concordo com Catarina. Quando encontrou o baú e viu o que tinha dentro, o Andador deve ter decidido levar tudo pra mim. Ele fazia isso quando encontrava alguma coisa diferente na ilha, sabia que eu precisava de informações novas, sabia das minhas pesquisas. No meio do caminho alguma coisa pode ter feito com que ele mudasse de ideia. Ele deve ter percebido que tinha um tesouro nas mãos."

"E não dava pra dividir com ninguém."

"Exato, Bernardo. Ele pode ter se dado conta de que o único modo de ser ouvido era criar uma trama que mexesse com as pessoas da ilha, que tocasse diretamente na vida dessas pessoas."

"E por que ele teria copiado o segundo mapa mudando a posição da ilha? E por que teria feito um terceiro mapa, com a ilha mais perto ainda do continente?"

"Ele leu o romance. Ele não inventou isso, de a ilha estar se deslocando na direção do continente. Com certeza isso está no romance."

"Que pode estar em qualquer lugar dessa biblioteca, se estiver mesmo aqui dentro", diz Catarina, desabando sobre a cadeira (onde estou agora).

"Entenderam por que acho que o Andador não guardou o romance em qualquer lugar? Todo mundo acha que ele é doido, talvez seja mesmo, um pouco, mas se realmente foi capaz de arquitetar tudo isso deve ter pensado num código na hora de escolher o lugar pra esconder o livro."

Bernardo e Catarina se olham, sem ousar dizer uma palavra, e logo depois se voltam novamente para Pepe.

"Quando o Andador me entregou o baú, já tinha lido a notícia. E lido também o romance. Não foi à toa que deixou aquelas páginas no baú. Ele sabia que eu iria juntar as peças e viria atrás da que está faltando. Ele quis brincar conosco, quis inverter as posições. Antes era ele que vinha atrás de nós, pedindo que ouvíssemos sua história. Agora nós é que seguimos seus passos."

Bernardo olha pela janela a escuridão. Depois coloca sua vela sobre a mesa, ao lado da de Catarina.

"Noutras palavras", Pepe conclui, "o Andador nos transformou em personagens. Personagens de uma história *dele*."

"Uma história real."

"Sim, meu caro, uma história real."

∽

"As estantes são numeradas?", Pepe pergunta.

"São."

"Qual é a primeira?"

"Aquela", Bernardo responde, apontando para uma estante no meio da parede dos fundos.

"Por que aquela, no meio da parede? Por que não a do canto perto da porta, na entrada?"

"Naquela estante, na primeira prateleira, fica a Bíblia. Quem entra dá de cara com ela. Por isso é a estante número um."

Pepe se aproxima da Bíblia, seguido por Catarina, Bernardo um pouco atrás deles. É ela quem rompe o silêncio:

"A Bíblia está na primeira estante, primeira prateleira."

"No princípio, Deus criou os céus e a terra", Pepe complementa, e para Bernardo: "posso"?

"À vontade."

Ele retira do lugar a Bíblia e a leva para a mesa. A luz das velas ilumina o livro sagrado aberto diante deles. O cenário é sombrio, com os outros livros da biblioteca aparecendo em partes, lombadas na penumbra.

Catarina se adianta e vai direto ao Gênesis, procurando alguma anotação. Depois toma nas mãos a Bíblia e a coloca de cabeça para baixo, balançando-a, querendo ver se dela cai algum pedaço de papel, numa falta de cerimônia que incomoda Bernardo.

"Não seria tão fácil", diz Pepe, voltando para a frente da primeira estante e olhando para o lugar onde estava a Bíblia, agora vazio (um vão entre os livros que lembra aquele que o Andador e Ramon descobriram, os dois diante da delegacia desaparecida, num capítulo anterior).

"Talvez esta seja apenas a primeira pista, o ponto de partida", ele continua, "o primeiro livro, na primeira prateleira da primeira estante. Foram três garrafas, três mapas, três frases do Gênesis."

"As pistas também podem ser três. Esta seria a primeira de três. Temos que achar a segunda e a terceira."

"Posso ajudar?", diz Bernardo, aproximando-se.

Catarina pega sobre a mesa a vela que deixara lá e a traz para perto da estante, ajudando Bernardo a ver melhor o que quer que seja, seus olhos perto da segunda prateleira. Ele passeia os dedos pelas lombadas dos livros até parar numa delas:

"Esse não devia estar aqui, não é o lugar dele."

O próprio Bernardo retira da estante o livro, enquanto Pepe sussurra, falando consigo mesmo, tão baixo que só nós dois, por cortesia da janela, podemos ouvir: as trevas cobriam o abismo, as coisas fora de lugar, o caos.

Afoito, Bernardo pega o livro e retorna à mesa, seguido de perto por Catarina. Apenas Pepe permanece em pé, olhando para a estante no claro-escuro da biblioteca, que vista assim parece saída de um dos romances fantasiosos que eu gostava de ler quando nada disso havia começado.

"Que livro é esse? Por que não devia estar ali?", pergunta Catarina.

"É um romance. Essa estante só tem livros religiosos, não é o lugar dele."

"Na segunda prateleira. A segunda pista!"

"Olha, tem um papel aqui, marcando página."

Bernardo abre o livro na página marcada. A janela nos permite uma aproximação estratégica, colocando-nos no mesmo ponto onde estão os dois meninos, de modo que podemos ver o que eles veem, estampado na página do livro:

PRÓLOGO

Desocupado leitor, não preciso de prestar aqui um juramento para que creias que com toda a minha vontade quisera que este livro, como filho do entendimento, fosse o mais formoso, o mais galhardo e discreto que se pudesse imaginar: porém não esteve na minha mão contravir à ordem da natureza, na qual cada coisa gera outra que lhe seja semelhante; que podia portanto o meu engenho, estéril e mal cultivado, produzir neste mundo, senão a história de um filho magro, seco e enrugado, caprichoso e cheio de pensamentos vários, e nunca imaginados de outra alguma pessoa? Bem como quem foi gerado em um cárcere, onde toda a incomodidade tem seu assento, e onde todo o triste ruído faz a sua habitação? O descanso, o lugar aprazível, a amenidade dos campos, a serenidade dos céus, o murmurar das fontes e a tranquilidade do espírito entram sempre em grande parte, quando as musas estéreis se mostram fecundas, e oferecem ao mundo partos, que o enchem de admiração e de contentamento. Acontece muitas vezes ter um pai um filho feio e extremamente desengraçado, mas o amor paternal lhe põe uma venda nos olhos para que não veja as próprias deficiências; antes as julga como discrições e lindezas, e está sempre a contá-las aos seus amigos, como agudezas e donaires. Porém eu, que, ainda que pareço pai, não sou contudo senão padrasto de *Dom Quixote*, não quero deixar-me ir com a corrente do uso, nem pedir-te, quase com as lágrimas nos olhos, como por aí fazem muitos, que tu, leitor caríssimo, me perdoes ou desculpes as faltas que encontrares e descobrires neste meu filho; e porque não és seu parente nem seu amigo, e tens a tua alma no teu corpo, e a tua liberdade de julgar muito à larga e a teu gosto, e estás em tua casa, onde és senhor dela como el-rei das suas alcavalas, e sabes o que comumente se diz "que debaixo do meu manto ao rei mato". Isto tudo te isenta de todo o respeito e obrigação e podes do mesmo modo dizer desta história tudo quanto te lembrar sem teres medo de que te caluniem pelo mal, nem te premiem pelo bem que dela disseres.

☙

Se pudesse falar, o que diria a velha amendoeira no pátio do convento? Ela que foi testemunha do início de tudo, plantada no mesmo lugar onde se encontra agora, tronco firme, copa soberba balançando ao vento da noite, o que teria a dizer?

Amendoeiras não falam e o tempo nos cobra uma posição – o tempo, sempre ele –, por isso o melhor a fazer é deixar de lado a bela visão da árvore nessa noite de poucas estrelas. Melhor acompanhar a folha que se solta da copa e faz volutas no ar, viajando na direção de uma janela aberta.

A folha avermelhada segue biblioteca adentro e vai parar sobre a mesa, pousando suave na madeira. Nenhum dos três nota sua presença. Tampouco percebem quando uma brisa entra pela mesma janela por onde entrou a folha e a carrega para uma das estantes, a que se encontra no lado oposto à que atrai toda a atenção deles nesse momento.

Começo a crer que esse breve e insólito voo não tenha sido mero acaso. Não sei como você é, digo, não sei em que acredita, se em deuses ou nada, se costuma ser levado por intuições ou misticismos de alguma espécie ou se, ao contrário, só tem por princípio a verdade do que pode tocar e ver ou saber de forma racional. Quanto a mim, ouso dizer que, vendo daqui, acho que nossa irmã amendoeira quis finalmente nos dizer alguma coisa.

Pepe, Bernardo e Catarina tentam decifrar o enigma sem perceber que a resposta pode estar logo atrás, na pequena folha no escuro. Ou, se não exatamente nela, naquilo que estaria apontando com sua presença. Vista com atenção e com certo modo de olhar, poderia servir de guia. Eu é que não poderia guiá-los, se lá não estou, excluído que fui desta ousada expedição pela biblioteca – já quase escrevia *minha* biblioteca, me perdoe o impulso.

Encerremos pois o capítulo com a folha descansando na terceira prateleira daquela estante do outro lado da sala, balançando ainda, devagar, no movimento quase imperceptível provocado pela brisa, a folha que decidiu pousar em frente ao livro tão procurado e que nas páginas seguintes há de entrar na história, espere um pouco, ele há de entrar.

15

"Vem, Pepe, vem ler", Catarina chama, a voz um pouco mais alta do que mandaria a prudência, embora o fato de elevar a voz não chegue realmente a representar perigo – os poucos frades que ainda restam têm outras preocupações no momento.

"As aventuras do cavaleiro andante. Belo romance, sem dúvida, mas não é ele que estamos procurando. Venham até aqui."

Catarina e Bernardo obedecem, deixando o *Quixote* sobre a mesa.

"Dá pra ver?", ele diz, aproximando a vela do lugar vazio deixado pelo livro que Bernardo tirou há pouco da estante e do qual puderam ler apenas o prólogo.

"Um pedaço de vidro?", o noviço pergunta.

"Um espelho."

Pepe retira alguns livros, os que ladeavam o *Quixote*, e ao fazer isso surge uma lâmina fina que alguém colocou ali, um espelho ao fundo da estante.

"O que procuramos não está neste livro. Ou pelo menos não está apenas nele. A primeira frase do Gênesis nos levou à Bíblia, que nos levou ao livro de Cervantes, que nos levou ao espelho."

"Você acredita mesmo que o Andador pensou nisso tudo?"

"Acredito, Bernardo. Não pode ter sido coincidência. Este espelho não estava aqui antes, estava?"

"Acho que não, não faz sentido ter um espelho aí."

"O espelho foi colocado aqui e disfarçado por um livro fora do lugar. Na última conversa que tive com o Andador, ele repetiu algumas vezes a palavra *espelho*. Tem a ver com os clones, o espelho como duplicador, gerador de uma imagem igual e oposta, mas é também uma pista pra chegarmos ao romance de Deckard."

A ansiedade, o medo por saber que a qualquer instante algo pode sumir de repente, um livro, todos os livros, o próprio espelho que acabam de descobrir, ou a sensação de que eles mesmos podem desaparecer no ar, como os outros, tudo isso aumenta a tensão em torno deles.

A biblioteca, sempre silenciosa, abriga muitas vozes, escondidas nas páginas dos livros. São vozes de tempos e lugares diversos, encadernadas nessas prateleiras à espera de alguém que as liberte, entremeadas às de Catarina, Pepe e Bernardo, cada qual com suas sombras, as que podemos ver daqui, à luz das velas, e outras, não reveladas.

"A primeira pista, a primeira frase do Gênesis, levava até a Bíblia, na primeira prateleira. A Bíblia apontava pro que estava logo abaixo, na segunda prateleira. O livro fora de lugar, o caos, é a segunda pista, e atrás dele o espelho pode estar indicando a terceira, a última pista, terceira de três."

"E com ela faz-se a luz", diz Bernardo.

Catarina aproxima do espelho sua vela. E o que vê a deixa extasiada, na falta de palavra mais justa.

Nós também podemos ver, se nos colocarmos atrás de Catarina, a mesma imagem. No espelho ela enxerga, em primeiro plano, seu próprio reflexo (o nosso obviamente não está lá, somos invisíveis, curioso seria se não fôssemos e eu pudesse então conhecer seu rosto). Além da própria face, e da vela que segura na mão, Catarina vê algo no canto superior do espelho.

Ela se vira de repente, dando um giro no próprio corpo, e olha para a prateleira colocada ao lado da porta de entrada.

"É isso, o espelho aponta pra lá. A estante do outro lado."

Olhe como a tripulação desse navio sem convés nem remos nem velas navega trôpega pelos ares quase frios da biblioteca, correndo veloz para a parede oposta, levando os castiçais e parecendo, se me permite a imagem, uma tresloucada procissão.

Ei-los agora, os três de pé, em frente à estante.

"Tem algum livro fora do lugar?"

A pergunta de Catarina não vai precisar de resposta. Ela mesma olha direto para a terceira prateleira, seus olhos movidos quem sabe pela presença da folha de amendoeira, que de algum modo deu seu recado. É provável que mesmo sem sua presença um dos sagazes seguidores de pistas pudesse ter descoberto o objeto tão procurado. Não duvido, mas com ela a cena talvez tenha ganhado alguma leveza.

Bernardo afasta delicadamente a folha e apanha o livro colocado na terceira prateleira da estante, meio esmagado por outros dois volumes, grossos volumes de uma enciclopédia.

Agora podemos ver, nas mãos do noviço, o que tanto procuravam, um romance, ficção científica, com uma história que tem lugar no futuro de quem o escreveu e no presente de quem o folheia agora.

"Pepe, olha isso, o título!"

༄

A janela veda as falas de nossos detetives, nos deixando apenas a imagem em si – Catarina tomando de assalto o livro das mãos de Bernardo. Pepe puxa uma cadeira e senta-se, percebendo que agora é ela a comandante, a ler em voz alta o romance que acabam de retirar da prateleira.

Enquanto a pequena Catarina lê para Pepe e Bernardo as páginas de *O Projeto Gênesis*, vamos com a folha de amendoeira pelo vento, vagando pela biblioteca num rápido volteio antes de sair pelo mesmo lugar por onde entrou.

Sigamos com ela na noite que já vai alta – quantas horas se passaram desde que nossos corsários resolveram pilhar tesouros da biblioteca? –, vamos pelo pátio vazio do convento, com a fonte jorrando água, sempre, e a velha árvore balançando na madrugada, resistindo ainda ao seu destino.

A folha viaja no ar cada vez mais frio. As ruas desertas, os lampiões (alguns) acesos, iluminando inutilmente calçadas e pedras, ou fazendo-o apenas para que possamos enxergar um pouco melhor a cidade adormecida – enquanto dorme se desfaz aos poucos, pobrezinha, o que será dela quando acordar?

Antes foi a gaivota nos levando a passeio pela ilha, à luz do dia e a uma altura a que jamais chegaríamos não fosse por bondade sua, e ei-nos a bordo de outro veleiro dos ares, desta vez na escuridão da noite e a uma altura mais modesta, que nos permite maior proximidade com as pessoas (se houvesse pessoas à vista) ou pelo menos com certas construções, como aquela casa que há pouco estava ali e já não está, ou o banco da praça onde Bernardo e Clara trocaram palavras doces e difíceis (se fosse agora, teriam que conversar em pé).

Oscilando a folha sobe abruptamente – não vá cair, segure firme – e nos leva até o terraço da caravela. Lá estão os homens, embarcando sacos de mantimentos, cobertores, barris, aves e outros animais vivos.

Bela arca, eu diria, à luz da lua é ainda mais bonita do que quando a vimos pela última vez, pelo efeito da noite mas também porque já terminaram os consertos, o barco está imponente, pronto para zarpar, quando tudo e todos estiverem a bordo.

Nosso passeio poderia terminar aqui se a folha já não estivesse dobrando a esquina. Estará voltando ao convento? Não, foi uma guinada apenas, seu itinerário é outro, a janela azul do velho sobrado.

Não deveria estar aberta a esta hora da madrugada. Quem a deixou assim talvez quisesse indicar o caminho a alguém, talvez a moça que está lá dentro tenha certeza de que seu convidado virá e por isso tenha deixado aberta a janela, para que ele não se confunda e saiba exatamente por qual delas entrar quando for a hora.

Só não sabe, a moça, que não é seu amado quem entra e sim uma lépida folha de amendoeira, um tanto quanto abusada porque, não contente em invadir o recato da jovem, ainda nos leva junto, a mim e a você.

Podemos ver como Clara se penteia diante do espelho, os cabelos negros sendo acariciados por uma escova e pelos dedos finos. Ao fundo, sobre a cama, a pequena mala já está pronta, anunciando um episódio futuro que talvez não cheguemos a assistir. Pode ser que não aconteça de fato ou pode ser que aconteça e eu não esteja mais aqui para contar.

A pouca luz de um castiçal ilumina o quarto de Clara, sua cama, as paredes sem retrato, o espelho ovalado (como a ilha), suas pernas no movimento lento de se levantar da cadeira e andar até a janela, vigiando de um lado e de outro da rua a chegada de alguém, voltando depois ao espelho para novamente escovar os cabelos, como se estivesse mesmo ligando para eles.

Nossa folha voadora passa de volta pela janela, saindo do quarto. Não nos quer mais na intimidade de Clara e nisso tem razão, não pega bem a um senhor da minha idade (não sei a sua) ficar na alcova de uma moça que espera a vinda daquele que há de levá-la, ou de ir com ela, para uma longa viagem.

Já nos ares da rua, a folha voa na direção do convento. Não é difícil para ela, o convento está logo em frente e é a sua casa, nasceu nele e dele partiu há pouco, voltando agora ao arcos da entrada, sob os quais passa ligeira, depois ao pátio e por fim ao vazio onde deveria estar a fonte.

Não tenciona, claro, retornar à origem. Uma vez caída, nenhuma folha pode voltar ao galho de onde brotou um dia, imagine se fosse possível uma coisa dessas. Mas mesmo que fosse, mesmo que por uma magia qualquer a façanha fosse viável (temos presenciado tantas desde o início do relato que uma a mais uma a menos não faria diferença), ainda assim a folha não poderia tornar a casa, pelo simples fato de que a amendoeira de onde partiu é agora apenas uma lembrança.

⁂

Esta é uma velha biblioteca, aos cuidados de um velho bibliotecário, por isso não exija muito de nós, de mim e do pobre acervo no alto da torre de um convento franciscano. Não temos aqui um dicionário que dê conta de tantas palavras e significados espalhados pelo mundo, o nosso e os que nos precederam. O que temos é aquele volume na estante do canto, de capa marrom e caindo aos pedaços. Faltam folhas e mesmo as que nele resistem nos dizem coisas que não somos capazes de compreender. É claro que há palavras de significados simples: terra, água, caravela, ilha, dicionário.

Conceitos mais complexos, no entanto, ficam a cargo de nossa imaginação, quando a ela nos é dada a graça de recorrer. É o caso de campo magnético, por exemplo, que o livro das palavras define como um campo produzido por um ímã ou por cargas em movimento, o que seria razoável ao entendimento não fosse pelo fato de que a explicação se estende entremeando polos e bipolos, linhas de campos e supercordas, de acordo com leis dadas como certas, sem contestações, soando tão convincentes que despertam, em leigos como eu, o desejo de apenas concordar com elas, sem saber exatamente o que querem dizer.

Se não houvesse na ilha nenhuma matéria passível de atração, a cidade não estaria se movendo veloz, atraída pelo continente. Desse modo poderíamos continuar com nossa vida pacata, sem grandes pretensões, é certo, mas ao menos vivendo uma coisa de cada vez em afazeres rotineiros, com direito a uma esperança aqui e ali apenas para temperar os dias.

Não sabemos se Catarina perguntou finalmente a Pepe qual o significado de campo magnético e o que isso tem a ver com o que está acontecendo. É provável que tenha perguntado e é possível que ele tenha dado a ela, ou o próprio Bernardo o tenha feito, uma explicação mais compreensível do que aquela que nos oferece o dicionário. Não sei, o que a janela nos mostra é Catarina ainda de pé, em outro ponto da sala, Bernardo andando de um lado para o outro, impaciente (eu diria transtornado, se você me permite), Pepe sentado à mesa, a cabeça entre as mãos espalmadas.

A esta altura Catarina já terá lido mais da metade do romance, terá passado pela parte em que algumas coisas se explicam: o Projeto Gênesis, a ambição de formar clones perfeitos, de pessoas e também de pedras e árvores, de criar um mundo no papel e colocá-lo à prova em alto-mar, a cidade sonhada.

E depois da euforia pelo sucesso do empreendimento, a apreensão pelo que começa a sair dos planos, um pequeno incidente – a molécula replicada de um ser microscópico, um fungo em vias de extinção, essa molécula sendo atraída pelo núcleo da molécula original, abruptamente, avançando de uma vez para sua matriz, chocando-se com ela e no choque provocando a destruição das duas, matriz e cópia.

Catarina, lendo apressada as páginas do livro, teria poupado Pepe de perguntas e avançado na leitura até a parte, no romance (é apenas um romance), em que os cientistas decidem encobrir o acontecido. Não podem deixar correr entre os dedos tudo o que solidamente construíram, melhor testar de novo, melhor tentar entender e usar a seu favor essa nova propriedade do elemento gerador de tudo isso, o C-33 (me pergunto de onde teria vindo esse nome).

A janela não nos mostra em que ponto da leitura Catarina está, vemos apenas a imagem silenciosa, palavras que não ouvimos saindo céleres de sua boca, o movimento dos lábios secos, afoitos, querendo chegar logo ao final ou não querendo jamais que chegue o final, sabe-se lá o que ainda está por vir.

16

Ramon não liga quando o Andador lhe pede novamente um pouco de atenção, os dois na areia do Leme, a praia de Catarina. O Andador segura Ramon no colo. Olhos fechados, o cão já não ouve as palavras do seu dono, que dispara a correr distâncias para trás, remontando à infância, a dele ou a de alguém que ele teria conhecido ou lido, não faz diferença, é tudo sempre um trecho da longa biografia.

Ao avistar os rochedos, lembra-se do dia em que mergulhava com Pepe, quando Pepe ainda tinha fôlego para mergulhos. Era uma manhã semelhante a esta, de sol morno, e sentados numa das pedras o mestre lhe disse: vem comigo. E juntos mergulharam até a gruta com as marcas do túnel, do trem submarino, que o Andador via pela primeira vez.

De volta à praia, Pepe lhe perguntou: e se eu estiver errado, se o continente ainda estiver lá, do outro lado do oceano? Você iria também, se eu tivesse um navio você iria junto?, perguntou naquela manhã distante, e o Andador se lembra do frio na barriga, na vontade de dizer sim e a boca não dizendo nada.

Em seguida, ele se lembra, Pepe abriu um sorriso e batendo no seu ombro disse: não liga não, é só uma brincadeira, vou fazer um navio mas não é pra viajar, não é pra ir a lugar nenhum.

A brisa eriça os pelos das costas de Ramon. O Andador se volta para seu querido, o pelo fino com falhas aqui e ali, manchas escuras espalhadas pelo corpo.

Vendo da janela o homem e seu cão, alheios ao mundo em volta, vendo esse gesto silencioso é quase possível acreditar que está tudo bem, a cidade não está sumindo, a ilha não viaja perigosamente na direção da grande massa de terra do outro lado, as pessoas estão todas aqui, não foram apagadas como se apaga um desenho com a borracha.

A profusa memória do Andador dá uma trégua, sua memória falante, tanto quanto ele ou mais até. Agora nem ela fala aos seus ouvidos, só se ouve o barulho das ondas batendo na praia. A janela nos mostra o céu de poucas nuvens, Ramon de olhos fechados, seu dono a acariciar sua cabecinha (de vento, diria o Andador), e na quietude a menina que se aproxima, sentando-se ao lado dos dois na areia, sem dizer nada.

Deve ter uns dez anos – pele morena meio avermelhada, cabelo longo, negro, liso, olhos puxados – e sorri discretamente para o Andador (um quase imperceptível movimento dos lábios).

Ele não a conhece, nunca a viu antes, e isso não lhe causa nenhuma estranheza, é como se a conhecesse desde que nasceu e já a tivesse visto várias vezes com esse vestido azul, simples, sem enfeite algum, um pedaço de pano cortado para cobri-la e que balança um pouco ao vento.

O Andador pergunta onde estão seus pais. Ela responde com o mesmo sorriso de antes, apenas um traço no rosto. Ele quer saber onde ela mora, e a menina olha para o mar, depois volta os olhos para o cãozinho.

A menina faz um gesto e o Andador entende, passando para seu colo o corpo franzino do vira-lata que ela acolhe, embalando-o devagar, para cá, para lá, no mesmo movimento lento das ondas.

꩜

As águas do mar, da Lagoa, dos rios que cortam a ilha, das cachoeiras, lagos e fontes. Vivemos em terra e as águas nos dominam. Estão em torno de nós mas também por dentro, por isso a elas recorremos às vezes, para que nos indiquem caminhos (elas que conhecem todos).

Bernardo devia estar pensando nisso quando saiu da biblioteca na madrugada que vemos pela janela, o dia nascendo. Nós nos isolamos na torre quando queremos meditar mas Bernardo prefere o lago na montanha, o pedaço de água cercado de terra por todos os lados – sua ilha ao contrário.

Ainda não sei se é para lá que ele vai. Na verdade, o que vemos é apenas o noviço caminhando devagar, a cabeça baixa levando consigo frases inteiras do romance lido em voz alta por Catarina, com episódios, cenários e personagens tão familiares. Essa mesma rua em que pisa está no livro, como aquela praça, e a praia à direita, tudo descrito com tamanha precisão que parece mesmo copiado da realidade.

Ele se lembra de uma sequência de frases que o marcou durante a leitura, pediu que Catarina lesse de novo e depois outra vez a parte em que o narrador do romance se dirige ao leitor dizendo: se quiser, acredite, se já acreditou em tudo o que lhe contei até o momento não vai duvidar agora, e se não acreditou, se acha que sou louco, então paciência, entenderá o que vou contar como mais uma prova da minha insanidade.

Pode ser que a narrativa não fosse outra coisa senão isso, o resultado da insanidade do narrador, inventando hipóteses absurdas, como a da criação de uma ilha artificial, povoada por clones. O narrador seria apenas um doido, por que não? A história real, deles – Bernardo, Clara, Catarina, Pepe e o Andador, todos –, a história real seria outra, estariam viajando na direção do continente não porque a ilha copiada estivesse sendo atraída para sua matriz e sim porque movimentos das correntes marinhas a estivessem levando para lá, onde enfim encontrariam outras pessoas, pessoas comuns, como eles mesmos.

Ele se lembra da leitura de Catarina, da passagem em que o narrador, esse louco, descreve o modo como os cientistas do Projeto Gênesis, preocupados com a possibilidade do choque da ilha com o continente, para onde estava sendo atraída a uma velocidade assustadora, teriam encontrado um jeito de neutralizar todo o processo.

No romance um cientista do Projeto dizia: é possível eliminar a réplica. A partir daqui, da matriz, podemos enviar à ilha ondas de antimatéria neutra, evitando a liberação de energia, a explosão do choque. Aprendemos a lidar melhor com o C-33, descobrimos seus segredos, por isso podemos desintegrar a ilha e seus habitantes num processo invisível e silencioso, sem nenhum dano para o continente.

Seria uma pena, dizia, varrer do mapa a maior criação humana de todos os séculos, mas antes lidar com essa perda do que morrerem pessoas de verdade. E alertava apenas para um perigo: o tempo. Talvez não conseguissem eliminar toda a ilha, era bem provável que não, ao menos um pedaço de terra haveria de sobrar no final, e com ele alguns dos clones.

Então seria isso, o narrador do romance teria inventado mais uma sandice, a de ondas diferentes dessas que vemos todos os dias no mar que nos cerca, ondas que não se veem e não se pode tocar, capazes de desfazer cada traço da ilha, com tudo o que carrega dentro. Ele quer acreditar nessa hipótese, pobre Bernardo, sabe que romances são obras de ficção e é a isso que se apega.

Entra por uma rua que vimos há pouco na escuridão da noite e revemos agora, à luz da manhã que surge. Eis a mesma casa de algumas páginas atrás, com a mesma janela aberta, por onde entra um vento repentino, balançando as cortinas e derrubando da penteadeira o frasco de perfume.

Se estivéssemos dentro do quarto sentiríamos a fragrância espalhando-se pelo ambiente. Não estamos e só podemos ver de fora, como Bernardo, a mesma parede vazia, a cama arrumada, agora sem mala nenhuma sobre ela, a escova esquecida diante do espelho oval que já não mostra pessoa alguma, só mesmo partes do próprio quarto, refletidas em pedaços na superfície do vidro.

Ele prossegue e já o vemos deixar a última rua da cidade, pegando a trilha no meio da mata. As pedras, os espinhos, nada o incomoda, está acostumado a andar descalço por essa vereda montanha acima, caminho tão estreito que às vezes some de repente, interrompido pela mata fechada e só retornando um bom pedaço depois, subindo sempre.

Há manchas de suor no seu hábito. Estava precisando mesmo desse calor que o deixa um pouco sem ar, e dos mosquitos picando a pele do rosto e das mãos, coisas que o colocam novamente em contato com a natureza.

Costumava subir por essa trilha até o lago quando queria meditar ou sentia vontade de ficar sozinho, de uma solidão diferente daquela do convento. Outras pessoas conhecem o lago, alguém há de ter aberto aquela trilha e não foi ele, mas o caminho estava abandonado quando o descobriu.

Foi por acaso – acreditava no acaso, algumas vezes chegou a conversar com os frades sobre isso, sobre até que ponto Deus determina tudo o que há, se não haveria um instante a partir do qual as coisas seguiriam por si mesmas. Fora até a mata em busca de galhos caídos no chão, lenha para a cozinha do convento, entre os arbustos descobriu a trilha e quando se deu conta já estava subindo por ela.

Agora seu supremo esforço é o de se entregar apenas ao que está fazendo. Olha para seus pés e dá o próximo passo, sente a picada de um inseto e se concentra nela, roça o braço num galho e não divaga, apenas constata: riscou a pele.

Andando chega finalmente ao descampado, a vegetação rasteira abrigando um lago no centro. Chegando mais adiante, podemos conferir que uma das margens termina num paredão rochoso, as encostas de onde podemos ver boa parte da orla, lá embaixo.

Bernardo senta-se na pedra à beira do lago e refresca os pés. Sem tirar o hábito, mergulha e ao cair na água se lembra de Catarina – ela gostaria de estar ali, ainda estará na biblioteca? Certamente não, já deve ter ido para casa, supõe, ainda submerso, de olhos abertos para não perder a imagem das pedras brancas no fundo, nem a desse peixe que passa ligeiro à sua frente ou o raio de sol descendo sobre suas mãos em movimento.

Agora sai, o hábito encharcado, marrom-escuro em contraste com o branco da pequena praia em que se deita, alguns poucos metros de areia, o corpo estendido ao sol de que tanto gosta, lembrando São Francisco. Não quer mais imitar o santo, já quis um dia, não contei mas é verdade, quis ser um novo São Francisco, até entender que ninguém lhe pedia isso e mesmo que pedissem seria impossível.

Hoje já não tem ambições, nem essa nem outras, seu rosto volta a ser o de um menino, o pensamento balançando numa rede tão leve que nem existe.

A sombra que chega devagar sobre sua cabeça quebra a luz direta do sol e lhe traz uma sensação ainda melhor, como se alguém, ao vê-lo dormir na rede – agora não é apenas o pensamento, é todo o seu corpo que repousa na rede inexistente – viesse fechar devagar as cortinas do quarto, de modo que sequer o barulho do tecido fino o incomodasse e ele pudesse continuar seu sono.

Esta que chega para cerrar as cortinas, esta que vem trazer um pouco de sombra para cobrir seu rosto exposto ao sol olha para Bernardo com seus olhos negros, velando o sono do menino, do homem, cuidando para que ninguém entre no quarto, ninguém entre no sonho a não ser ela mesma.

Esta mesma mulher, nua, se ajoelha ao lado do corpo estendido de Bernardo. O rosto dela ainda faz sombra nos olhos dele.

Com uma das mãos ela acaricia seus cabelos. Ele jamais havia sonhado algo assim, se é que sonha, o noviço ao lado de sua amada que abaixa um pouco a cabeça. Seus cabelos se misturam com os dele, Bernardo não abre os olhos, fica como está, os lábios colados nos lábios de Clara.

∽

Nunca imaginei que pudesse me sentir confortado ao ver no seu lugar uma casa que sempre esteve ali. Perdoe portanto se me sinto não exatamente feliz (esta seria uma palavra de luxo neste momento), mas pelo menos com certa sensação de alívio ao ver que a casa de Catarina se conserva como a conheci, com o jardim preparando a entrada para o alpendre onde a vemos, acompanhada de Pepe.

"Será que eles conseguiram?", ela pergunta.

Ele dá de ombros, não dá para saber se a caravela chegou a partir, carregando consigo provisões, animais e intrépidos aventureiros, rumo a um continente que deve estar cada vez mais perto, ou se terá sumido, talvez junto com o próprio terraço onde deveria estar.

"Por que eles fizeram isso?"

Catarina já não se refere aos tripulantes da caravela mas a outros insensatos, não os que acreditaram no sonho de reencontrar um continente perdido, guiados por um mapa grosseiro encontrado numa garrafa, e sim a outros, os cientistas do Projeto Gênesis, inventando um sonho de cidade e nela espalhando os homens que sonhariam com o continente – roda de sonhadores a girar em torno de si mesma até se transformar em nada.

"Será que é verdade, estão apagando a gente, um por um?"

"Nunca vamos saber, filha. Só o que temos é um romance."

"Não é só um romance. Tudo que a gente leu no livro está acontecendo."

"O que eu posso te dizer? Parece que sim, estão desintegrando a ilha pra evitar o choque com o continente."

"E você acha possível, cientificamente falando, o continente atrair a ilha nessa velocidade toda?"

"Possível é. Agora mesmo nossa galáxia e as galáxias vizinhas estão sendo atraídas a centenas de quilômetros por segundo por outro aglomerado de galáxias."

"Mas não desse jeito."

"É, não desse jeito."

"E então?"

"Os cientistas do continente têm informações que não temos. Nós lidamos com clonagem de plantas, uma prática rudimentar, é só fazer uma muda e plantar de novo. Eles aprenderam a clonar animais, pessoas e até minerais. O segredo está no C-33, o derivado de carbono que não conhecemos."

"Pelo visto, nem eles conhecem direito."

"Eles não sabiam com o que estavam lidando. Não previram o campo magnético criado pelo C-33."

"Eles não testaram antes, não viram como funcionava?"

"Claro, devem ter feito centenas de experiências, mas isso acontece."

"Acontece?"

"Uma vez um cientista chamado Popper disse que ninguém pode provar que uma teoria é verdadeira. Ela pode ser verdadeira hoje mas ninguém garante que no futuro ela não possa ser considerada uma grande bobagem. Só se pode provar que uma teoria é *falsa*."

"O Andador também dizia isso, com outras palavras."

"Sabe de uma coisa, Catarina? Acho que o Andador não leu o romance como se fosse um romance."

"Não?"

"Quando ele encontrou o baú e o livro, ninguém tinha desaparecido ainda. Ele poderia ter pensado que toda aquela história era apenas imaginação do escritor. Ele não entendeu dessa maneira, leu como se fosse *verdade*. Na cabeça do Andador, ele precisava avisar as pessoas de um perigo real."

"E ninguém iria acreditar se ele contasse. Nem se fosse você que contasse, Pepe, nem em você as pessoas iriam acreditar. Ninguém acreditaria numa história dessas."

Catarina abaixa a cabeça e olha para seus próprios pés, as unhas sujas de terra como as de um menino, tão diferentes dos pés de Clara, ela reparou quando estiveram juntas.

"No romance está escrito que os primeiros habitantes da ilha eram clones", ela diz.

"Certo."

"Esses clones não podiam se lembrar de cataclisma se não existiu cataclisma nenhum, nem contar para os filhos deles que a ilha nasceu de um rompimento do continente se isso nunca aconteceu!"

"Você não se lembra do que estava naquela notícia, no baú? E no romance também há uma passagem em que o narrador fala disso, dos implantes de memória."

"Eu sei, eu lembro, só não entendi como funciona. Eles implantam uma memória nos clones, mas pra onde vai a memória antiga? A memória de verdade, das coisas que aconteceram com eles desde que nasceram?"

"Você estava muito nervosa quando leu o romance, na biblioteca, é natural que não tenha prestado atenção aos detalhes. O narrador diz que era uma cirurgia delicada e o objetivo era exatamente este: a substituição de memórias. A memória antiga era eliminada e os clones passavam a se lembrar apenas daquilo que foi implantado neles."

"Isso é impossível, Pepe!"

"Você me perguntou e eu te respondi. É o que está no romance. Não deve ser impossível, pra quem fez o que eles fizeram é até bastante viável que tenham aprendido a implantar memórias em seres humanos, clones ou não. E os registros na biblioteca dos franciscanos, e os marcos que encontramos na ilha, inclusive a gruta do trem submarino, tudo foi inventado, tudo foi feito pra acreditarmos na versão em que eles queriam que acreditássemos."

Catarina se lembra da conversa que teve com Bernardo, ele dizendo que o diário do frade franciscano poderia ser falso. Será que estava adivinhando?

"Tem outra coisa que não entendi direito. O C-33 atrai as réplicas feitas a partir dele. Por isso a ilha está indo pra lá. Até aí ficou claro. E ficou claro também que eles estão eliminando as réplicas com ondas de antimatéria neutra. Mas e as pessoas, Pepe? Os lugares sumirem eu entendo, mas as pessoas, eu, você, nós não somos clones, somos apenas descendentes dos primeiros clones da ilha, não fomos feitos de C-33!"

"O romance não toca nesse ponto mas só vejo uma explicação: o C-33 é transmitido geneticamente. Se descendemos dos clones, o C-33 permanece em nosso DNA."

Ela espera um pouco, antes da próxima pergunta. Já tem na verdade uma resposta mas quer ter certeza.

"E quando é que a ilha foi criada?"

"Se o romance estiver certo, há menos tempo do que pensávamos."

"Então pode ser que algum dos clones, dos primeiros, ainda esteja entre nós, não pode? Algum clone que foi trazido pra cá ainda criança, ou recém-nascido."

Pepe não diz nada. Ela insiste.

"Não pode?"

"Talvez."

"Nesse caso, teria que ser um velho."

"É, teria."

Catarina abaixa a cabeça. Sente uma vertigem, uma sensação de que vai desmaiar, fecha os olhos e é atropelada por imagens, bocas falando, pessoas movendo-se nas ruas, o pai, a mãe,

Pepe (qual seria a sua idade?), Clara, a gruta do trem, Bernardo, o Andador.

Firma as mãos na mureta do alpendre onde está sentada. Respira fundo, abre devagar os olhos e aos poucos levanta o rosto, voltando do seu breve mergulho sem água em torno, olhando para o lado em busca de Pepe e não vendo ninguém.

Num pulo fica de pé, assustada. Logo depois anda rápido pelo alpendre, circula pelo jardim, roda pelo interior da casa, volta gritando pela mãe, que acode ligeiro, o que está acontecendo?, pergunta.

Ela tenta dizer que Pepe sumiu, as palavras saem estabanadas, sem nexo, a mãe acredita ter entendido e vira o rosto de Catarina na direção da ladeira, lá embaixo, ela aponta, lá embaixo, e Catarina vê apenas um rápido perfil do seu amigo entrando numa rua qualquer, em meio ao casario.

17

Eles ainda estão lá, no mesmo cenário: as areias brancas e as águas tranquilas do Leme. O Andador conversa com Ramon, que repousa no colo da menina, silenciosa (pressinto que não ouviremos sua voz nessa história).

"Você é que está certo, meu amigo, você que nunca falou e por isso nunca mentiu nem inventou ilhas pra desinventar depois, nem jamais escreveu romances, muito menos um que se chamasse *O Projeto Gênesis*, finalmente lembrei o título, ufa!, oh memória!"

Um grupo de rapazes, cinco ou seis, cruza correndo a areia da praia e se joga no mar. Fosse outra a ocasião e eu diria que se divertem refrescando o corpo num dia quente, pulando de roupa e tudo nas ondas, mas não posso dizer isso, claro, ainda mais vendo como nadam desesperados na direção de algo fora do quadro.

"Vamos, Ramon, levanta daí, vamos embora, acorda, estou pedindo! Olha aqui, vou dizer uma coisa, presta atenção, não temos nada a ver com o sumiço da delegacia, nada a ver com essa droga dessa delegacia que resolveu sumir, nem com o mercado idiota que em vez de dar a comida que você queria evaporou, não temos culpa de nada, Ramon. Olha, eu agora tinha um barco de papel e esperava você na beira da água, está vendo?, bem lá na beira, você vinha e subia a bordo e a menina levava a gente na mão até onde fosse um pouco mais fundo e soltava o barco nas ondas, não essas que não dá pra ver, as que eles estão mandando pra cá, não, ela colocava a gente sobre as ondas do mar de verdade, e aí eu e você éramos um Andador e um cachorro gorducho navegando pelo mar num barco de papel, hein?"

Ramon não se mexe. A menina o mantém no colo, o Andador avança no seu discurso por um tempo e depois se interrompe para correr até o mar e recolher com as mãos um pouco d'água.

Não valeu muito sua intenção, água nenhuma ficaria quieta entre os dedos, mal saiu da beira do mar e o Andador só carrega vento e um pouco de sal nas mãos vazias. Para despertar o vira-lata, seria mais prático tê-lo levado até o mar e não tentar trazer o mar até ele. No entanto, foi esta sua última tentativa, e se a água não veio pelo menos suas mãos mantiveram certo frescor, que ele tenta passar ao cão acariciando-lhe a fronte e o pescoço, passando as palmas da mão no seu focinho, no pelo das orelhas, buscando ainda um sopro qualquer de onde não parece sair mais nada.

"Agora você era o rei da ilha, não desta aqui, de mentira, era rei de uma ilha de verdade. Lá na sua ilha você não tinha pesadelos, eu te protegia do frio, da chuva, dos homens e das ondas invisíveis. Mas aí você era de novo um cachorro muito manhoso que inventava de dormir sem parar, mesmo eu te chamando, mesmo eu sacudindo você no colo da menina de vestido azul, e eu dizia: Ramon, só vou falar mais uma vez: acorda! Eu era o Andador e dizia: acorda!, já estou indo, está vendo?, este sou eu se levantando, olha só, eu era eu mesmo, entendeu?, o Andador dando adeus pro cachorro chamado Ramon, eu era o Andador se preparando pra sair dessa areia, dessa praia, era eu mesmo dizendo é hora de ir embora, meu amigo, hora de ir embora, amigão, hora de ir, adeus."

༄

A casa de Pepe (se ainda estiver lá) não é longe da de Catarina. Ele, no entanto, prefere virar à direita, não é para casa que vai. Algo o puxa para outro lado, não planejou antes, queria apenas ficar sozinho, e por isso foi descendo a ladeira e suas pernas lhe disseram que rumo tomar, pela orla, numa longa caminhada – há um bom pedaço de chão até o terraço no final da ilha.

Se olhasse para a frente ou para os lados, veria que sua cidade já não existe, o que resta é outra, desenho absurdo em que uma rua se interrompe, uma esquina deixa de ter a outra metade, a velha praça é uma clareira em meio a casas que em breve não estarão, não estão mais ali.

Pepe não vê nada disso, por descrença ou apenas porque prefere olhar para baixo, para as pedras da rua onde pisa, tão diferentes umas das outras, cada qual de um tamanho, peso, volume, cada pedra uma pedra.

Ele se lembra de uma passagem do romance que deixou Bernardo bastante abalado. Catarina talvez não tenha percebido, era ela a leitora e pode ser que a necessidade de se concentrar na leitura a tenha impedido de prestar atenção ao que estava em volta, como a expressão no rosto de Bernardo quando Catarina leu a passagem sobre os implantes de memória.

É este o trecho de que se lembra agora, a do narrador do romance dizendo que o processo poderia apresentar problemas. Houve casos de pacientes que, anos depois da cirurgia, sofreram de um grave efeito colateral: a memória implantada não apagara completamente a original, que ressurgia aqui e ali, rompendo os limites da outra. O efeito era próximo da loucura: o paciente misturava as memórias e já não sabia o que era verdade e o que não era.

Pepe se pergunta se o Andador não seria um desses casos. Ninguém sabe sua idade, talvez seja bem mais velho do que aparenta, pode ser que o Andador seja um dos clones primários, os da época da povoação da ilha. E por um distúrbio desses, um erro qualquer no implante de memória, a sua seria resultado da antiga e da nova, misturadas ainda às lembranças dos livros que lera, ele que tanto gostava de romances e usou como pista um deles, o *Quixote* de Cervantes.

Pepe sente a solidão de ser aquele que responde. Era ele quem respondia, ou tentava responder, às dúvidas de Bernardo, do Andador e, nos últimos dias, de Catarina, mas quem responderia às dele?

Uma casa, outra, mais uma somem diante dos seus olhos. Foi só levantar a cabeça e ver: sem deixar sinal, marca nenhuma, as casas não estão mais lá. Quem poderia imaginar que a cidade iria se desfazer assim? Nem mesmo os que a criaram (ou não estariam também aflitos, correndo contra o tempo).

Alguém previu. Pepe daria tudo para conversar com o autor do romance, saber em detalhes o que ele soube, não queria conhecer o cientista que criara todo o projeto, queria conhecer o autor do romance que contava de fato a *sua* história. Queria conhecer Deckard.

As garrafas e os mapas não chamavam para o continente, como pensaram os homens que a essa hora talvez estejam içando a âncora da caravela, dando início à louca jornada. Mapas e garrafas chamavam para o convento, e dentro dele para a biblioteca, e dentro dela para o romance.

Era lá que tudo se construíra desde o início. Depois que a ilha for eliminada de vez, as águas que cortam a cidade existirão apenas nas páginas do romance. Nada existirá fora do livro. Só nele haverá convento, mercado, delegacia, praias, ruas e casas. Nenhuma caravela vai navegar fora do romance, nem Catarina, Bernardo, o Andador ou seu cachorro Ramon, Clara também só poderá ser vista no livro, como o cais, os pescadores e ele mesmo, Pepe.

E o que não está no romance? O que o autor não contou, passagens que não escreveu – como esta que vemos agora, com Pepe já se aproximando do final de sua longa caminhada –, onde poderão ser lidas?

Os livros que vieram dar aqui, colocados na biblioteca por alguém do continente com o propósito de nos fazerem acreditar no que acreditamos, talvez não desapareçam, continuem onde estão. E pode ser também (deixe-me sonhar um pouco) que permaneçam as folhas de papel que vou ajeitando sobre a mesa e você as encontre dentro do baú que espera naquele canto, aguardando que eu coloque um ponto final na minha história (você abriria o baú como se abre uma garrafa lançada ao mar e de dentro dela se pega uma mensagem).

Você saberia então que fim levou Pepe. No romance de Deckard não há menção à caminhada que termina com Pepe chegando ao terraço e colocando as mãos na cintura. O livro não traz essa parte, só mesmo aqui, nas folhas manuscritas, se pode lê-la, com o homem de cabelos brancos esvoaçando à brisa do mar, de pé sobre os mesmos trilhos em que um dia fincou sua maior invenção.

Pepe tenta ver lá no fundo do quadro – observe como procura enxergar melhor, tapando com a mão a luz do sol –, alguma coisa em alto-mar. É isso mesmo, aquele esboço, os traços marrons, aquilo é o casco de um navio enfrentando as ondas. As partes brancas, meio amareladas, são as velas infladas de uma valente caravela, carregando sabe-se lá que pessoas, e para onde, e até quando, o barco sumindo aos poucos do nosso campo de visão, longe, cada vez mais longe.

❦

Esta que vai lá embaixo, as águas do mar cobrindo suas pernas e molhando a barra do vestido azul, é a mesma de uma cena anterior. A diferença é que agora está sozinha, sem a companhia do Andador e do cão. Ou melhor, quase sozinha, o Andador não está mas o vira-lata sim.

A menina (agora a água já bate em sua cintura) carrega na caixa o corpo do outro, seu caixãozinho improvisado. Era nele que costumava dormir, no retângulo de madeira recolhido no mercado, quando ainda havia mercado, e é nele que segue novamente para o lugar que amava tanto, desta vez sem volta – Ramon no mar.

Não terá chegado à ilha que tanto desejava, parte desta e não chega à outra, fazer o quê? Quando o Andador lhe prometera uma ilha não estava mentindo, achava mesmo, do seu jeito, que um dia a encontrariam e ela seria batizada com seu nome, Ilha Ramon, em letras caprichadas escritas na areia da praia e reescritas todos os dias.

A janela deixa nas águas a menina e Ramon, já quase submersos, e nos leva até o Andador chegando ao convento, à procura de um velho amigo.

Convento, devo dizer, que nunca esteve tão silencioso como nesta tarde. Pátio, corredores, celas, o refeitório e a cozinha, tudo está vazio quando o Andador passa pelo arco e vai até o largo atrás de onde ficava a igreja, de frente para o mar.

Ele se lembra da primeira vez em que esteve no largo com Ramon, o cachorro numa agitação inesperada. Queria mergulhar do alto até as águas num voo impossível – o Andador se lembra e ri da loucura.

Resolve deitar-se um pouco no banco colocado mais atrás, à sombra da paineira. O sol já não é tão forte mas ainda incomoda um pouco e ele sabe que a espera pode ser longa.

Sua cabeça começa a doer, duas pontadas finas sobre os olhos, sente um cansaço profundo, os músculos das panturrilhas, todo o corpo pede que ele durma, exatamente como está fazendo agora.

Se a janela se dispusesse a mostrar o sonho do Andador, pode ser que avançássemos um pouco na compreensão do que aconteceu e está acontecendo na cidade. Sonhos são normalmente histórias confusas mas por um momento me ocorreu, perdoe o desatino, que talvez o sonho do Andador funcione de outro modo, pode ser que nele as histórias sejam contadas de forma linear, começo, meio e fim, com uma limpidez que sempre escapa quando o ouvimos falar, acordado.

Nesse caso, se a janela nos mostrasse o que sonha o Andador, assistiríamos a uma outra história, com menos mistérios, e saberíamos como termina, se bem ou mal ou mais ou menos, e quando – nas próximas páginas ou na linha seguinte.

A janela, no entanto, não nos mostra sonho algum, apenas o corpo castigado do Andador, estendido no banco numa tarde morna, o largo deixando ver ao fundo o azul puríssimo do oceano, o vento levantando ligeiramente os fios de cabelo deste que dorme e dormindo parece um menino – a vida nem passou direito por ele, o mundo está apenas no início e promete ser calmo como essa brisa e as ondas que embalam seu sono.

Até a janela respeita o repouso do Andador porque o deixa e nos leva a um passeio pela cidade, ou pelo que sobrou dela, começando pela ladeira que desce do convento até a rua dos ipês, com uma ou outra casa velha, as portas abertas sem ninguém a entrar ou sair por elas.

Vamos pela orla redesenhada, faltando pedaços, o vento balançando as folhas de uma palmeira perdida, e depois a rua transversal que vai dar na meia praça onde velhos não estão trocando histórias antigas, nem crianças subindo até os galhos mais altos da goiabeira que não está mais lá, embora restem ainda camadas de musgo pelo chão onde ninguém escorrega.

Mais à frente a estradinha sobe sinuosa pelo morro, lá no alto o varal com roupas estendidas sabe-se lá desde quando, ontem, anteontem, esperando em vão que as venham recolher, e no sopé do morro a velha fonte, jorrando água que nenhuma mulher vem buscar para abastecer as casas, a água escoando pura, sem saber de nada do que acontece à sua volta, apenas cumprindo sua função de correr de um lado a outro, do rio ao cano, do cano às torneiras.

E se ninguém vem até elas para encher os grandes potes de barro que costumavam subir o morro sobre a cabeça das mulheres, há pelo menos este moço sedento que se abaixa e bebe um gole, molhando o rosto, deixando que a água corra por sua cabeça, pescoço, peito.

É Bernardo este que anda pela rua deserta. E andando se pergunta qual teria sido o sonho que Clara prometera lhe contar (ela não teve tempo para isso e ele vai terminar seus dias sem saber da ilha ao contrário).

Também não saberá o que sua amada sonhou depois disso, quando dormia no quarto à sua espera, pouco antes do que vimos – ela a se olhar no espelho, penteando os cabelos. Naquele instante Clara teve um sono breve e dentro dele seu último sonho.

Sonhou que um frade franciscano estava sentado à mesa, diante de uma janela, com vários livros em volta. Escrevia alguma coisa num papel. Clara não fazia parte do sonho, apenas assistia, com uma sensação ruim – não havia nada de assustador na imagem do frade escrevendo e no entanto ela sentia que algo terrível estava prestes a acontecer.

No sonho só se via o franciscano mas Clara tinha certeza de que alguém esperava, fora do quadro. O frade parava de escrever, levantava os olhos e enxergava alguma coisa pela janela. Seus olhos estavam arregalados, a boca aberta pelo susto. Deixava cair o lápis. A imagem se ampliava e Clara agora entendia por que o frade estava tão assustado: à frente dele, o velho via a si mesmo sentado à mesa, uma pilha de papeis, livros em volta, até a janela era igual.

Amedrontada, querendo gritar e não conseguindo, Clara assistia à aproximação do frade e seu duplo, no cenário espelhado. Chegavam cada vez mais perto um do outro, os dois frades aguardando a hora do choque que não aconteceu porque Clara, suando muito, acordou.

Bernardo não soube do último sonho de Clara e isso talvez não faça diferença, pelo menos não para a continuidade do relato, que prossegue com a imagem do noviço, ao final da ladeira.

Chega cansado ao convento e nota, intrigado, que alguém dorme no largo à beira-mar. Vai até lá e reconhece o homem deitado no banco.

Fica olhando para o Andador, velando seu sono e desejando também, para ele, a paz que emana do outro, da respiração pausada, do rosto sereno.

Talvez o Andador esteja sonhando comigo, pensa. Se de fato o sonho do Andador tivesse Bernardo dentro, estaríamos diante de uma grande coincidência porque, ao abrir os olhos, despertando ainda tonto, sem saber direito onde está e o que foi fazer ali, o Andador iria se deparar com aquele com o qual estivera sonhando.

O Bernardo do sonho ganharia assim um corpo real, vestindo o hábito marrom e olhando para ele, ao seu lado, de pé, os braços estendidos à frente do corpo, uma das mãos sobre a outra, a silhueta recortada sobre o fundo escuro do dia que termina.

18

Daqui se pode ver que boa parte do convento já se foi. O arco da entrada acaba de sumir, junto com o banco onde há pouco dormia o Andador.

Ainda temos a torre (por enquanto), de onde lhe escrevo as últimas páginas da história. Confesso que me sinto tentado a terminar de forma semelhante à do início – se nos primeiros capítulos lhe mostrei como era o convento, nos últimos não ficaria mal ir mostrando o que já não há, eliminando da sua memória o que nela tentei gravar. Seria um final espirituoso e você pode ser que ficasse satisfeito com este velho narrador.

Talvez faça isso mais tarde, por ora basta o cenário que a janela nos mostra. Cenário, aliás, bastante conhecido: a mangueira a reinar solene sobre as outras árvores do quintal, espalhando sua larga sombra, sob a qual podemos ver a mãe de Catarina, encostada ao tronco da árvore, olhando para algo mais ao fundo.

Se acompanharmos o olhar da mulher, vamos encontrar sua filha, levando a mão ao portãozinho que separa o quintal da areia da praia. Já a vimos fazer isso antes, você sem dúvida se lembra, mas naquela ocasião havia a proibição da mãe e toda a complicada estratégia para descer fugida do quarto e agora não, ninguém a proíbe de fazer o que está fazendo, a mãe nem precisou autorizar nada – se nem mesmo um pedido houve –, sabe aonde a filha vai e não tenta impedi-la.

Os pés de Catarina se confundem com a areia branca. Seu corpo parece que vai voar levado pelo vento forte, imitando um pássaro desses que ela sempre quis encontrar nos livros. Ninguém escreveu as histórias que os abrigasse e ela se imagina dentro de um livro possível, não caminhando de verdade pela praia mas num voo rasante chegando até as ondas.

Quando pisa a areia molhada, Catarina outra vez se lembra de Bernardo, de como ele gostava de caminhar nesse trecho rente ao mar, dizia que na beira sentia mais a umidade do que se estivesse dentro d'água.

Catarina já está com o corpo inteiro submerso, o mergulho até o fundo, os sons sumindo, outro mundo a envolvendo – deixa de ser pássaro para virar peixe –, as cores mudando conforme os reflexos do sol.

Sobe à superfície e nada com o rosto voltado para baixo, olhos sempre abertos. Se eu me visse no espelho, veria olhos vermelhos, pensa enquanto nada, elevando a cabeça apenas para buscar o ar, retornando depois ao exercício, braços e pernas num movimento harmônico, vencendo as águas como a vimos fazer um dia e como a caravela de Pepe talvez esteja a fazer agora.

(Pode ser que a caravela esteja voando ao lado do balão de Bernardo, o balão que sempre quis ter – era um segredo dele. Se há um mundo de coisas que não existem, é possível que lá os dois tenham finalmente se encontrado, a caravela e o balão, e também os pássaros das histórias de Catarina.)

Ela já se aproxima dos rochedos, o rosto dentro d'água, olhos rastreando pedras perigosas. Evita as pontas e sobe segurando nas rachaduras para ter mais firmeza, apoiando os pés na parte seca até erguer-se de todo e ficar onde a vemos, sobre o rochedo maior.

Foi dali que avistou a garrafa. E se aparecesse outra e toda a história caminhasse não para o final mas para trás, começando de novo e tomando outro rumo desta vez? E se na nova versão não houvesse Projeto Gênesis nem clones nem ilha que navega rumo ao continente, se houvesse apenas o continente, ele sim, e Pepe construísse outras réplicas da caravela, uma frota partindo firme e compacta, guiada por um mapa de verdade que mostrasse a ilha, o continente e todo o resto do mundo? A ilha estaria inteira e no mesmo lugar de sempre, e nela os que não partiram aguardariam notícias da expedição, que já poderia avistar o litoral do continente e um sinal de boas-vindas.

Uma sombra desce sobre seu corpo. Ela interrompe sua história e olha para o céu, vendo o contorno do sol por entre as nuvens, a circunferência com o centro escuro e as bordas douradas. É um desenho bonito, sempre gostou de ver o sol camuflado.

Quando torna a olhar para a frente, Catarina vê algo que não estava ali, nunca esteve.

As coisas se confundem um pouco na janela, é possível que Catarina esteja vendo, lá adiante, algo que não consegue identificar. Vemos também mas talvez seja apenas ilusão de ótica, Catarina esteve a imaginar coisas demais nas últimas horas e ainda por cima acaba de fixar seus olhos no sol (mesmo oculto pelas nuvens o efeito é forte).

Ela a princípio tem a impressão de ser um navio. Não, a linha é larga demais, vários navios? Sua respiração fica entrecortada, ofegante, tanto ar em volta e o ar lhe falta. Levanta-se de uma vez e isso apenas aumenta a tontura. De pé pode ver melhor, não é um navio nem uma frota, claro que não, e está crescendo, chegando mais perto, ela já pode ver do que se trata, é algo maior, muito maior.

༄

Ali está Bernardo, sentado sobre as pedras à beira do penhasco que vai dar no mar.

Um sentimento perigoso o acompanha quando recebe no rosto os primeiros pingos de chuva. Seu corpo está a poucos centímetros da queda. Melhor acabar logo com isso, pensa, não esperar mais, num impulso se deixar cair no vazio e depois nas ondas até ser integrado de vez ao oceano infinito, ou finito, que diferença faz?

Ninguém se deve ter por seguro nesta vida, que toda ela se chama tentação, ele leu em Jó. Pois a tentação se materializa diante dele, basta um movimento, apenas um.

Olha para o céu e fecha os olhos. Em seguida abaixa a cabeça, as mãos no colo. Podemos vê-lo daqui sob a chuva que encharca seu hábito, as ondas do mar arrebentando com violência nas pedras do penhasco. O vento é forte e balança seu corpo, que resiste ainda ao chamado quase ensurdecedor do oceano.

Guardemos na lembrança essa imagem do pequeno Bernardo. Fiquemos com seu retrato, já que com o próprio Bernardo não podemos mais ficar.

A janela não mantém por muito tempo o vazio onde ele estava. Amplia o quadro e nos mostra lá no fundo o que Catarina viu há pouco – quando ainda existia, quando ainda não havia desaparecido com sua mãe, o quintal, a casa.

Tantos anos esperei por isso e agora, confesso, sinto medo. É ele quem está lá, não tenho dúvidas, o continente subindo na linha do horizonte como se emergisse do fundo do mar, é a ele que vejo cada vez mais perto, aquilo com que sonho desde criança.

Só agora entendo por que fui poupado. Concederam-me mais um tempo para que pudesse escrever a história. Queriam essa espécie de depoimento feito por uma criatura inventada.

Ironia das ironias: todas as palavras que por dias a fio lancei ao papel, geradas com tanto sacrifício, servirão apenas à loucura de vocês, os cientistas. Daqui a pouco, quando eu deixar de existir, restarão estas folhas que vocês vão esquadrinhar avidamente, uma por uma, frase por frase, buscando entender como uma réplica humana descreve seu próprio desaparecimento, depois de ter descrito o de seus amigos queridos e o da própria cidade que aprendeu a amar.

Você é um deles, não é? Você que me acompanhou por toda esta história, vendo comigo cada episódio mostrado pela janela, você é um deles, quem sabe meu criador (foi para você que escrevi tudo isso, para você que me inventou?).

Catarina estava errada quando desconfiou de que Pepe pudesse ser um dos primeiros habitantes da ilha, assim como o próprio Pepe estava errado ao pensar a mesma coisa em relação ao Andador. Todos eles traziam dentro de si a semente plantada na cidade mas eram apenas herdeiros do que fomos nós, deixados na ilha artificial para servir de cobaias, das quais restou apenas este bibliotecário, a poucas linhas de concluir seu relato.

Por isso me deixaram chegar até aqui e assistir, como ninguém assistiu, à última cena, com a imagem dos edifícios ocupando toda a orla menos a da pequena praia onde desponta o morro do Leme. Tão perto que já posso divisar o largo, a igreja, a fonte em que brinquei quando criança sem saber o que eu de fato era.

Reconheço tudo o que está ali, à minha frente. Reconheço, claro, a torre da biblioteca, vejo como a janela mostra a si mesma e atrás dela o franciscano sentado à mesa, sei quem é ele, quantas vezes vi no espelho o rosto desse velho que olha para mim, com olhos de espanto.

Este livro foi impresso na Editora JPA Ltda.,
Av. Brasil, 10.600 – Rio de Janeiro – RJ,
para a Editora Rocco Ltda.